庫

季節風　冬

重松　清

文藝春秋

目次

季節風　冬

あっつあつの、ほっくほく

カオルのおじさんのことを、最近よく思いだす。

秋の初めの頃、ひさしぶりにカオルのおじさんの顔がふと浮かんだときには、「ああ、そういうおじさんも昔いたなあ」と一瞬だけなつかしく思って、それでおしまいだった。

でも、秋が深まるにつれて、遠い記憶の中にいるはずのおじさんの顔が鮮やかによみがえることが増え、忘れていた声まで思いだした。なつかしい。それも目の前をふっとよぎって消えるなつかしさではなく、通り過ぎていくのをつかまえて引き戻したい、そんななつかしさに変わっていた。

二十年ではきかない。いまの歳《とし》から高校を卒業した歳を引いてみたら、二十六年ということになった。

カオルのおじさんには、二十六年も会っていない。あの頃すでに「おじさん」というより「おじいさん」のほうが近い年格好だったから、もしかしたら、いまは亡くなっているかもしれない。少なくとも、もう仕事は引退してしまっただろう。

跡継ぎはいるのだろうか。おじさんがいなくなったあとは、それっきり、だったのだろうか。

　何年か前に田舎《いなか》で高校の同窓会が開かれたときには、おじさんのことは話題に出なかった。お盆休《ぼんやす》みの時期だったせいだろう。暑い盛りにはおじさんのことはなかなか思いださない。というより、夏場におじさんと会ったことはなかったし、なにをやっているかも知らない。ちり紙交換の車に乗って別の町を回っているというウワサもあったし、北のほうにあるふるさとに帰っているんだとも聞いたけど、ほんとうのことは誰も知らなかった。

　おじさんは、寒い季節にしか姿を見せない。寒い季節の寒い夕暮れ時――ちょうど今日の、いまのような時刻に、わたしたちの町にやってくる。

　オフィスの窓から暮れなずんだ街並みを眺め、紙コップに入れたコーヒーを啜《すす》りながら、今日もまた、おじさんのことを思いだす。コーヒーはぬるくて苦い。ついさっき終わったばかりの会議の時間が、その味にも溶けているような気がする。

「宮脇《みやわき》さん、気にすることないですよ」

　星野《ほしの》くんに声をかけられた。「本部長の言ってること、あんなの、ただのセクハラなんですから」――会議室で隣に座っていた星野くんは、わたしがノートの端《はし》に〈バカタコオヤジ〉と書いたのを知っている。

「宮脇さんがキレちゃうんじゃないかって、俺、ひやひやしてたんです」

星野くんは笑いながら肩をすくめる。

「なに言ってんの。キレないキレない」わたしも笑い返した。「あの程度でキレてたら、やっていけないって」

「いや、でも、横で聞いてってもひどいと思いましたよ、俺。宮脇さんのこと、女だからって、カンペキにバカにしてますよね」


まあね、とうなずいてコーヒーを啜る。

会議では、わたしがゼネラルマネジャーをつとめる第三営業部の出した企画は、あっさりと却下されてしまった。どこの課よりも斬新《ざんしん》かつ現実的なプランだと自信があり、それを下支えするリサーチも綿密にやっていたのに、営業本部長は企画書をおざなりに斜《なな》め読みしただけで、「頭の中でひねり出しただけだな」と却下した。反論を始めると「ヤバいなあ、理屈じゃオンナには勝てないからなあ」と小馬鹿にしたしぐさで肩をすくめられて、話は終わった。

いつものことだ。きっと来月か再来月の同じ会議で、別の部署のゼネラルマネジャーが、今日の企画にちょこちょこと手を加えたものを提案するだろう。すると、営業本部長は「いいじゃないか、これ、これだよ、こういう企画を待ってたんだよ！」と絶賛するのだ。

会社創業五十年の節目《ふしめ》に合わせて「部長」が「ゼネラルマネジャー」に改称されたのは半年前だった。わたしもそのときにゼネラルマネジャーに昇進した。女性社員で部長職に就《つ》くのは、創業以来初めて――これも五十年の節目だから、だったのだろうか。先輩の男性社員を二十人近くゴボウ抜きした抜擢人事《ばってきじんじ》でもあった。役員会では営業本部長が最後まで反対していた、とあとで聞いた。「オンナに抜かれるオトコの気持ちも考えてやってください！」と熱弁をふるったという、そのときの表情や口調がくっきりと思い浮かぶから、なるべく考えないようにしている。

「おかしいですよ、仕事に男も女も関係ないじゃないですか。俺、もう、アタマきちゃって」

だったら、星野くんがキレてくれてもよかったんだよ。

冗談《じょうだん》でも本音だ。だから黙ってコーヒーを啜る。

ひと言多いところが生意気で可愛げがないんだ、と子どもの頃からよく言われていた。この歳になると、「生意気」に「イヤミな女」が加わってしまうのだろう。

星野くんが自分の席に戻ったあと、わたしはまた窓の外を眺める。見渡すかぎりビルが建ち並ぶオフィス街――こんなところではカオルのおじさんは商売できないだろうな。

コーヒーを啜る。ほんとうに苦くて、ぬるくて、おいしくない。

あっつあつの、ほっくほく。

カオルのおじさんの口上《こうじょう》を思いだしてつぶやくと、暖房の効いている部屋にいても体も心も冷え切っていることに気づいた。

「カオルのおじさん」は、「カオルさんのおじさん」という意味ではない。わたしの通っていた女子高に代々引き継がれてきた、焼きいも屋さんのあだ名だ。

わたしがまだ小学校に入るか入らないかの頃、題名も歌手の名前も知らないけど、「カオルちゃん、遅くなってごめんね」という歌詞の歌が大ヒットしたのだという。みんなが待ちわびているところに、荷台に釜《かま》を積んだ軽トラックであらわれるから、「遅くなってごめんね」のカオルちゃん。さすがに「ちゃん」付けするような歳ではないので、カオルのおじさん――季節限定、秋の終わりから春先までの、学校の有名人だった。

町のひとではない。もっと田舎のほうから農閑期《のうかんき》に出稼《でかせ》ぎに来ているという噂《うわさ》だった。でも、もう農業はやっていなくて、夏場には別の町で古紙回収《こしかいしゅう》をしているんだ、と教えてくれた先輩もいたし、よく似たおじさんを高速道路の工事現場で見かけた友だちもいる。どっちにしても、おじさんの本名は誰も知らない。歳も知らない。家族のことも、いるのかいないのかさえ、わからない。謎だらけだ。そんなひと、わたしたちのまわりにはおじさん以外にはいなくて、そこがまた、なんともいえずよかった。新任の若い男の先生が来ると、三日もしないうちに小学校時代の初恋の子の名前まで聞き出してしまうわたしたちが、カオルのおじさんにかんしては、みんな暗黙の了解で謎の人物のままにしていた。その理由は、おとなになったいまなら、説明はできないけど、わかるような気がする。

おじさんは高校の正門前に軽トラックを停《と》めると、マイクを出して、「いーし焼ーきいもーっ、おいもっ、あっつあつの、ほっくほく、あっつあつの、ほっくほくぅ……」とダミ声で繰り返す。ちょうど部活の終わる頃合いに来るものだから、バスケットボール部の練習中にその声が聞こえてくると、急におなかが空いてくる。体育館をひきあげるときも、部室で服を着替えているときも、誰からともなく「カオルのおじさんまだいる？　まだ帰ってない？」と訊《き》いて、時間がないときにはダッシュで正門に向かう。

おじさんの焼きいもは安かった。一本百五十円なら、高校生のお小遣《こづか》いでも毎日買える。おいもを釜から出すときに「長いのと丸いのと、どっちがいい？」と訊いてくれるのもうれしい。新聞紙でつくった袋においもを入れて、パラッとお塩をふる、その「パラッと」の具合も絶妙だった。なにより、おいもそのものがおいしい。焦《こ》げ目のついた皮はパリッとして香《こう》ばしく、実のほうは、あっつあつで、ほっくほくで……たちのぼる湯気にメガネが曇《くも》り、あわてて食べるとたいがいむせ返ってしまっても、とにかくおいしかった。ほんとうに、おいしかった。高校を卒業してからも焼きいもを食べたことは何度もある。でも、カオルのおじさんの焼きいもほどおいしいのはなかった。

コンビニなんて田舎にはなかった時代だったから？　部活で疲れきった体が甘いものを求めていたから？

それだけではない、と思う。

高校時代はなつかしい。でも、百パーセント、すべての思い出が楽しいというわけではない。友だちとの人間関係に神経をすり減らしたり、親とうまくいかなかったり、進路のことで悩んだり、片思いをしていたり……数えてみると、あんがい、キツかった思い出のほうが多かったような気がする。

だから、カオルのおじさんの焼きいもがあんなにおいしかったのかもしれない。おじさんの焼きいもの「あっつあっつの、ほっくほく」が、あの頃はむしょうに恋しかったのだ。体よりも心が欲しがっていた。ハフハフ言いながら焼きいもを頬張《ほおば》ると、それだけでほっとした気分になれたのだ。

高校二年生の冬の初め、ちょうどいまの季節だった。

部活の練習のあと、わたしは一人でボールを片づけ、一人で体育館の床にモップ掛けをして、一人で部室に戻って、一人で着替えた。いま振り返っても、あれが高校時代サイテーの時期だった。

三年生が引退したあとの新チームで、わたしはキャプテンをつとめていた。県でベスト32が歴代最高のバスケ部に、代々受け継がれている悲願——というより遠い憧《あこが》れだった夏のインターハイと冬の全国選手権大会出場を目指して、三年生がいた頃よりもずっと厳しい練習メニューを組んだ。それが、部員の反発を呼んでしまった。

もともと県内でも有数の進学校だ。国公立大学の共通一次試験が導入されて二年目か三年目で、やり方の変わった受験勉強にみんな戸惑《とまど》ってもいた。そんなときに猛練習を課したらうまくいかないのがあたりまえだと、あの頃はわかっていなかった。

「宮脇はいいよ、勉強できるんだから。でも、こっちのことも少しは考えてよ」と言われた。「ウチらがどんなに練習しても、私立に勝てるわけないでしょ。そんなこともわからないの？」とも言われた。

そして、「なんでもかんでも自分のペースに巻き込むのって、やめてくれる？」と言われて、わたしは孤立《こりつ》してしまった。

みんなはいままでどおり、夕方五時になると体育館をひきあげる。一年生も、わたしたちの人間関係を観察して、強いほうについた。

わたしは一人きりで、自分の組んだ練習メニューを六時過ぎまでこなす。間違ってない、間違ってない、わたしは間違ってない……とドリブルをして、シュートをして、リバウンドを拾って、パスをする相手は誰もいないので、ばかやろー、と壁にボールをぶつける。

あの日もそうだった。わたしに背中を向けて去って行ったバスケ部のみんなの捨て台詞《ぜりふ》よりも、むしろ逆に、ひとりぼっちになったわたしに寄ってくる友だちの言葉のほうが次々によみがえって、壁にぶつけるボールの勢いは、途中からドッジボールみたいに強くなっていった。

「宮脇ってゆるまないもん、自分に対しても、まわりに対しても」――ばかやろー。

「負けず嫌いと意地っぱりって、似てるけど違うと思う」――ばかやろー。

「宮脇を見てると、悪いけど、ちょっと疲れるときもあるし」――ばかやろー。

「完璧主義もいいけど、たまには妥協《だきょう》しないと」――ばかやろー。

「間違ってないよ、宮脇は。がんばりなよ」――やっぱり、これも、ばかやろー。

正しい言葉や優しい言葉は意外と残酷なものだ。それに気づいたのは、もう少しおとなになってからのことだった。

だからわたしはいま、落ち込んでいる部下や後輩がいても、よほどのことがないと慰めたり励ましたりはしない。すると、みんなに陰《かげ》で「冷たいひとだ」と言われてしまう。人間関係というのは、ほんとうに難しい。

あの日、最後に壁パスをしたときに耳の奥でよみがえっていた言葉は、いまでもはっきり覚えている。

「宮脇、ひとりぼっちでかわいそう……」

わたしにもうちょっと身長とジャンプ力があれば、壁パスでは気がすまずに、ダンクシュートを決めたいところだった。ボールがネットに吸い込まれたあともリングにつかまったまま、ゆさゆさと体を揺らしてリングをボードからひきはがし、背中から床に墜《つい》落《らく》、後頭部を強く打って意識不明――そういうのもいいな、けっこう気持ちいいかも、と思っていた。

高校二年生のわたしが自殺にいちばん近づいてしまったのは、あの日の、その瞬間だったのかもしれない。


部室を出て、重い足取りで正門に向かった。おなかが空いていた。走りまわったあとなのに、背筋がぞくぞくするほど寒かった。

正門の前にカオルのおじさんの軽トラックが停まっているのが見えた。生徒はもう誰もいない。おじさんも店じまいして、次の場所に移動するところだった。

あっつあつの、ほっくほく――。

バスケ部で内紛《ないふん》が起きて以来、焼きいもは食べていない。部員みんなの顔が浮かんだ。今日も五時きっかりにコートからひきあげたあと、いつものように焼きいもを食べたのだろう。形のいいやつから順に取られてしまって、いまはもう、ひょろひょろに細長かったり、丸すぎて食べにくかったりするやつしか残っていないかもしれない。

でも、食べて帰ろうかな、と思った。なにか温かいものをおなかに入れておかないと、家まで帰り着けなくなりそうな気もした。

「おいも一本いいですか?」

「はいよっ」

煤《すす》で真っ黒になった釜の蓋《ふた》をおじさんが開けると、甘く香ばしいにおいと煙混じりの湯気が立ちのぼった。

「長いのと丸いの、どっち?」

「あの……長いほう」

よじれながら細くなるおいもの尻尾《しっぽ》のところが、特に好きだった。

おじさんは軍手をはめた手を釜に入れて、「おっ、最後にデカいのが残ってた」と笑った。

そんなの嘘《うそ》だ。お客さんを喜ばせるためのサービスの一言を、おじさんはいつもみんなに言う。わたしはちゃんと知っている。知っていても、むしょうにうれしかった。

袋に入れてお塩をパラッと振ってもらったおいもは、やっぱりデカくもなんともなかったけど、あっつあつで、一口かじると、ほっくほくだった。

「味が足りなかったら、塩、ご自由にぃ」

これも、おじさんのいつもの一言だった。でも、おじさんの「パラッと」はとにかく絶妙で、お塩を足したり払い落としたりする子は誰もいない。

あの日の塩加減も完璧だったけど、味わう前に、とにかく焼きいものあっつあつではっくほくの温もりが、おなかに染《し》みた。口の中をヤケドしないようにハフハフと顎《あご》を動かしていると、おじさんに「あわてて食べると、喉《のど》につっかえちゃうぞお」と笑われた。

おじさんは、きっとわたしの顔を覚えているだろう。いままではいつもバスケ部のみんなと焼きいもを食べていたのに、どうして今日はひとりぼっちなのか、怪訝《けげん》に思っているかもしれない。それとも、みんなのおしゃべりを横から聞いて、すでに事情を知っているのだろうか。そんなことをなにも知らなくても、部活帰りの女子高生がひとりぼっちで焼きいもを立ち食いするのは、かなりおかしな光景だろう。

でも、かまわず食べる。二口、三口……と休まずに食べる。あっつあつ。ほっくほく。あっつあつ。ほっくほく。メガネが曇る。指先がおいもの熱さでしびれて、鼻の頭も、じん、としてきた。

もうちょっと明るかったら、こんなふうには食べられない。冬の夕暮れは早いから、六時を回ると外は真っ暗で、空には星がまたたいている。正門の外灯の明かりも、おじさんの軽トラックが衝立《ついたて》になっているので、わたしの顔を照らすことはない。

おじさんは石焼き釜にくべた薪《まき》を組み直したり、煙突の空気穴を開けたり閉めたりしていた。最初は、意外と細かく火の強さを調節しなくちゃいけないんだなあと思うだけだったけど、やがて、ふと気づいた。

おじさんはわたしが食べ終えるのを待っていてくれるのかもしれない。

軽トラックが走り去ると、正門の脇《わき》にぽつんと立って焼きいもを食べるわたしだけが残されてしまう。ほんとうのひとりぼっちになってしまう。

不思議だった。おじさんにはひとりぼっちの姿を見られるのが恥ずかしくなかったのに、そのおじさんがいないと、急に、自分がひどくみじめでみすぼらしい子になってしまいそうだった。そして、おじさんがいなくなったあとは、焼きいもは急においしくなくなってしまいそうな気もする。

なぜだろう。おとなになったいまでもよくわからない。

おじさんはどうせ赤の他人だから、というわけではなくて、おじさんが特に優しいひとだから、というのでもなくて、焼きいもは誰かがそばにいてくれないとおいしくない食べ物だから——強引な理屈でも、それがいちばんしっくり来る。

わたしは急いで焼きいもを食べていった。あせると喉につっかえそうになる。でも、ふだんだって飲み物なしでも平気なんだから、と休まず食べた。あっつあつ。ほっくほく。あっつあつ。ほっくほく。メガネが真っ白に曇って前が見えない。おいもがつっかえて、喉よりも、むしろ胸が痛くなる。でも食べる。いつもなら爪《つめ》を立てて剝《む》いている皮の固いところもかまわず食べる。胸を叩《たた》きながら、息苦しさに目をつぶって、食べつづける。早く食べ終えないと、おじさんがしびれを切らして次の場所に移動してしまうかもしれない。早く。ほんとうのひとりぼっちになる前に、早く。あっつあつ。ほっくほく。息が苦しい。おなかの手前でおいもがひとかたまりになってつっかえているのがわかる。早く。早く。うー、とうめいた。ぐー、と喉を鳴らした。胸を強く何度も叩いて、足踏《あしぶ》みまでした。

苦しい。すごく、死ぬほど苦しい。閉じたまぶたの裏で光がチカチカしはじめた、その瞬間、おじさんに背中を叩かれた。「ほら、これ飲んで」と水筒《すいとう》の蓋に注いだお茶を渡された。

やだ、おじさんの飲みさしだ、これ——と気づいたのは、お茶を無我夢中で飲み干して、なんとか一息ついて落ち着いてからだった。

「だめだよぉ、あんなにあわてて食べると」

おじさんはあきれ顔で笑って、ああそうだ、と付け加えた。

「だいじょうぶだよぉ、ばっちくない、さっき洗ったばかりだから」

気休めの嘘だな、とすぐに思った。でも、おじさんの飲ませてくれたお茶は、ごくごくと飲み干すにはちょうどいいぬるさだった。お弁当と一緒に昼間からずっと持ち歩いていたのだろう。

「……すみませんでした」

わたしはメガネをはずし、目尻に溜《た》まった涙をぬぐった。息が詰まると涙が勝手に出る。それは「泣く」とは言わないはずだ。

「焼きいもはゆっくり食べなきゃあ」

「はい……」

「口の中で濡《ぬ》らしてから、ちょっとずつ呑《の》み込むんだよ。いもが喉に詰まって死んだなんていったら、あんた、お葬式でみんな笑いをこらえるのが大変だぞぉ」

「……ですね」

「ほら、お茶、もう一杯飲んで」

おじさんはお茶を注《つ》ぎ足した蓋を、また渡してくれた。水筒は魔法瓶ではなかった。

安っぽくて古びたプラスチックの蓋は、あらためて手に取ってみると小さな傷がいくつもあったり縁《ふち》が磨《す》り減ったりしていた。色は赤。おじさんに赤って意外だな、と思ってふと見ると、水筒には女の子向けのアニメのヒロインの絵が印刷されていた。ずっと昔、わたしがまだ小学校に上がる前に人気だった番組だ。

娘さんの水筒――？

それとも、お孫さんの――？

気になったけど、なんだか訊いてはいけないような雰囲気が、おじさんというより、古びた蓋に漂っていた。やっぱりおじさんは謎の人物のままにしておかなければいけないのかもしれない。

　飲みさしでも、まあいいか、とお茶を啜った。息がだいぶ楽になった。

「残りはお茶と一緒に、ちょっとずつ食べなよ」

「はい……すみません……」

「謝ることなんてないって」

　おじさんは照れくさそうに笑って石焼き釜に向かい、薪を組み直した。舞い上がる火の粉は、ホタルみたいにきれいだった。

「焼きいもはな」

　太い薪を釜の奥に押し込みながら、おじさんは言った。「おしゃべりしながら、だらだら食べるのが、ちょうどいいんだよ」とつづけると、冬のホタルがまたいっせいに舞い上がった。

　わたしは黙って、焼きいもの残りをかじった。おしゃべりしながら食べるおいもは、ほんとうにおいしい。それくらい知っている。でも、知っていることとできることとは違う──ということも、ちゃんと知っているのだ。

　口の中でしっかりとおいもを嚙《か》んでから、お茶と一緒にゆっくりと喉に流し込む。

「お茶、合うだろ」

「おいしいです」

「おいしくはないだろうけど……ぬるいのがいいんだ、意外とな」

確かにそのとおりだった。

「焼きいもと一緒のときは、お茶はぬるいほうがいいんだ。お茶まであっつあっつだと、口の中をヤケドしちゃうだけだし、冷たいお茶だと、せっかくあっつあっつの焼きいもが台無しだからなあ」

「はい……」

「ほっくほくしてるのが、お茶と混ぜるとしっとりするだろ。焼きいもはそれがいちばんうまいと思うけどなあ」

深いことを言っているのか、ただ思ったことをフツーにしゃべっているだけなのか、よくわからなかった。

でも、おじさんの言うとおり、あっつあっつの焼きいもとぬるいお茶が口の中で一つになると、焼きいもをそのまま食べるときよりおいしい。ほっくほくもいいけど、水気を含んでしっとりした焼きいもも、負けていない。

「おじさん……」

「うん？」

おいもの尻尾を頬張って、なんでもないです、と首を横に振った。

冬の冷たい風に吹かれていたせいで、もう尻尾のほうは、あっつあつでもほっくほくでもなかったけど、ぬるいお茶と一緒に呑み込んだおいもの温もりは、湯たんぽみたいにじんわりとおなかに染みていった。

バスケ部の内紛は二週間ほどで終わった。わたしはみんなの意見を聞きながら練習メニューを組み直したし、みんなも「ごめんね、宮脇」と言ってくれた。

妥協したということなのだろうか。自分の信念を貫くべきだったのだろうか。

わからない。ただ、あの日カオルのおじさんの焼きいもを食べなければ、ひとりぼっちの日々はもっとつづいていただろうな、と思う。体も心も、もっと冷え切ってしまっただろう。

仲直りをしたあとは、またいままでと同じように、練習帰りにみんなで焼きいもを食べた。あっつあつでほっくほくのおいもを、口をハフハフさせながらかじる。おじさんの言うとおり、おしゃべりしながら食べると、口の中に自然と唾液《だえき》が溜まるからなのか、笑って頬がゆるむからなのか、お茶がなくても喉につっかえない。

でも、ぬるいお茶と一緒だと、またオツな味なんだよ――みんなに教えてあげる気は、なぜか、どうしても、起きなかった。

おしゃべりしながら焼きいもを食べるわたしたちを、カオルのおじさんはにこにこと眺めて、適当なタイミングで軽トラックに乗り込み、次の場所に向かう。ゆっくりと話をしたのは、あの日が最初で最後だった。おしゃべりの合間に目が合ったことは何度かあるけど、そのたびにおじさんが、うんうん、とうなずくので、つい目をそらしてしまうことがつづいて、結局それっきりになった。お礼を言うのはヘンかもしれないけど、笑ってうなずき返すぐらいのことはすればよかったな、といまは思う。

バスケ部のみんなとは、いまでも年賀状のやり取りをしている。田舎に帰ったときに集まってごはんを食べることもある。

ただし、結婚のこと、子どものこと、仕事のこと、みんなそろって盛り上がれる話題は、じつはほとんどない。いま住んでいる場所だってばらばらだ。生きていくとか、おとなになるというのは、そういうことなのだろう。だから話題はすぐに昔ばなしになる。何年か前には「カオルのおじさんの焼きいも、おいしかったねー」「また食べたいねー」という話も出てきた。でも、おじさんがいまどうしているかは誰も知らないので、話題はすぐに別のものに変わってしまった。

あの内紛のことは、いまはもう、誰も口にしない。

わたし以外のみんなが忘れているのは嫌だけど、忘れたふりをされるのは、もっと嫌だ。いくつになっても、きっとおばあちゃんになっても、人間関係というのは厄介《やっかい》で難しい。

それにしても、あのぬるいお茶、ほんとうにおいしかった。

星野くんが、またデスクの前に来た。さっきから窓の外ばかり見ているわたしを心配して、「だいじょうぶですか？　ほんと、落ち込まないでくださいよ」と言う。

わたしは苦笑いを浮かべて星野くんを振り向き、「ねえ」と訊いた。「このあたりに焼きいも屋さんって、ない？」

「はあ？」

「焼きいも屋さんが来てる場所、どこか聞いたことない？」

最初はきょとんとしていた星野くんだったけど、少し考えてから、あ、そういえば、という顔になった。歩いて十五分ほどの二丁目の交差点に来ている、という。

「いまもいる？」

「もう夕方ですから、来てるんじゃないですかねえ……」

なるほど、とうなずいた。ちょっとだけ迷って、まあいいや、と席の上のバッグを手に取った。

「悪いけど、出てくる。一時間ぐらいで戻るから、六時のミーティングには間に合うよね」

「ええ、でも……」

「焼きいも、おみやげに買ってくるね」

「マジですかぁ？」

「みんなで食べるとおいしいの、焼きいもは」

でもね、とエレベータに向かって歩きだしながら、心の中で付け加えた。ぬるいお茶と一緒にひとりぼっちで食べる焼きいもも捨てがたいんだよ、これがまた。

二丁目の焼きいも屋さんは、若いお兄さんだった。一本五百円。高い。焼き方も昔ながらの石焼きではなく、セラミックかなにかを使っているのか、釜には煤はほとんどついていなかった。

「九つください。八つは持ち帰りで、一つはここで食べます」

「ここで、ですか？」

「そう」

「……すみません、椅子《いす》とかないんですけど」

「だいじょうぶだいじょうぶ、そんなの要らない。ゴミは出さないからいいでしょ」

はあ……と頼りなげにうなずくお兄さんは、「デカいのを選んでよ」と声をかけても要領を得ない様子で、トングを使っておいもを挟《はさ》む。軍手で石の中から掘り出してほしかったところだけど、そこまで言うと、なつかしさを通り越して「昔はよかった」になってしまいそうな気もする。

「じゃあ、とりあえず、イートインのほうになります」

とりあえず、って。イートイン、って。のほう、って。

苦笑交じりに受け取ったおいもは、お洒落《しやれ》なデザインの包装紙にくるまれていた。お兄さんは好みのかたちを訊いてくれなかったし、お塩も小さなパックを一緒に渡されただけ。それでも、おいもは尻尾がついた細いやつだった。十五分かけて歩いたおかげで、オフィスの自動販売機で買った温かいお茶も、いい感じにぬるくなっている。コートを着てこなかったのも正解だった。あっつあつのほっくほくの焼きいもの、味よりもまず指に伝わる熱さがおいしい。大学に進学するときからコンタクトレンズを使っているので、もうメガネが曇ることはないけど、皮を剝いて香ばしい湯気がたちのぼると、まつげがちりちりとして、くすぐったい。

その場でかじった。横断歩道の信号待ちをしていたひとたちが、ちょっと驚いた顔でこっちを見た。かまわず頰張る。そういうところは、やっぱり女子高生の頃とは違うのだ。いいことなのかどうかはともかくとして。

あっつあつ。ほっくほく。あっつあつ。ほっくほく。胸につっかえた。むせそうになった。あわてて胸を叩いて、ペットボトルのお茶を飲んだ。

キリッと冷えたのでもカッと熱いのでもない、ぬるいお茶が、あっつあつのおいもを包み込む。ほっくほくのおいもが、しっとりする。

ごくん、と呑み込んで、一息ついて夕暮れの空を見上げた。ふるさとの町よりだいぶ東にある東京の空はもうずいぶん暗くなって、宵《よい》の明星だろうか、星が一つだけぽつんと、でも、そのぶんくっきりと浮かんでいた。

コーヒーもう一杯

洗濯機もなかった僕たちの部屋に、手回しのコーヒーミルが置かれたのは、秋の終わりのことだった。

日曜日の公園で開かれたチャリティーバザーで買ったのだ。

二人で公園を歩いているときに、たまたま、そのバザーの前を通りかかった。収益金《しゅうえききん》はすべて恵まれない子どもたちに寄付されることになっていたが、どこの国のどんな子どもたちを救うのかは、チラシにはなにも書いていなかった。

「ほんとうはなにかの資金集めなんじゃない？　寄付って、たぶん嘘だよね」

彼女は肩をすくめて苦笑した。僕より二歳年上の彼女には、そういうふうに物事をはすにかまえて見るところがあった。そのくせ、資金集めの方便だと決めつけていながら、熱心に掘り出し物を探すのだ。欲しいものを手に入れたあとは、その代金がどこでどんなふうにつかわれようとかまわない。彼女は、そんな割り切り方をするひとでもあった。

「これ、買おうか」

彼女が手に取ったのは、木製のコーヒーミルだった。コーヒー豆を中に入れてハンドルを回して挽《ひ》く道具だというのは、そのときにはわからなかった。最初はアンティークな電話機の土台の部分だと勘違いしていた。受話器が取れてしまったガラクタを買ってどうするんだと思っていた。十九歳の僕は悲しいほどなにも知らない若者で、その頃の東京では、まだ自宅でコーヒーを豆から挽いていれるのは優雅で贅沢《ぜいたく》な――少なくとも、親にも大家さんにも黙ってアパートで二人暮らしをしている大学生には、分不相応《ぶんふそうおう》な趣味だったのだ。

「新品同然だから、貰《もら》いものを持て余してバザーに出したって感じかもね」

彼女はハンドルをカラカラと回し、重さを量《はか》るように手のひらに載せて、「どっしりしてるから、いいかも」と言った。

「重いほうがいいわけ？」

「だってそのほうが安定してるし、左手で押さえて右手でハンドルを回すわけだから、重いほうが押さえやすいでしょ」

なるほど、とうなずくと、「ちょっと考えればわかることだけど」と笑われた。確かにそのとおりだ。理屈が苦手というか想像力に乏《とぼ》しいというか、「ちょっと考えればわかること」が、僕にはなかなかわからない。地方から上京してきた年上の女性と付き合えば、彼女が卒業するときにはどうなってしまうのか――ほんとうに、「ちょっと考えればわかること」なのに。

コーヒーミルには三千円の値札がついていた。アルバイトの時給が四百五十円から五百円だった時代である。

「高いなあ……」

「そんなことないわよ、お買い得よ、絶対に」

だってほら、と彼女は金属製のラベルに記された横文字を指差して、小声で言った。

「ザッセンハウスだよ。貰いものだから定価がわからなかったのよ、きっと」

ドイツの老舗《しにせ》メーカーらしい。まともに買えば一万円は超えるはずだ、という。

正確には、西ドイツ。そういう時代だ。遠い昔の話だ。

「なんでそんなに詳《くわ》しいの?」

驚いて訊く僕に、彼女はふふっと笑って、「おとなだから」と言った。


コーヒーミルを買ったあと、近くの喫茶店で量り売りの豆を買った。ブレンドではなく、苦《にが》みの強いマンデリン。外でコーヒーを飲むときでも、豆を選べる店なら彼女は決まってマンデリンを注文する。

僕は彼女と知り合うまで、マンデリンという種類のコーヒー豆があることすら知らなかった。それどころか、女の子と二人で喫茶店に入ったのも彼女が初めてだった。田舎者というか、ウブというか、「モテなかっただけでしょ?」と彼女に言われると、ムッとした顔になりながらも、黙ってうなずくしかない。

もっとも、彼女だって、ほんとうにコーヒー通《つう》だったのかどうか、よくわからない。豆を選べるときにはマンデリン一辺倒でも、そうでない喫茶店にもかまわず入る。深夜のファミリーレストランの煮詰まったコーヒーでも美味《うま》そうに啜《すす》って何杯もお代わりするし、ハンバーガーショップの薄いコーヒーを飲んでも顔をしかめたことはない。だいいち、六畳一間に薄っぺらなカーペットを敷き詰めた僕たちのアパートの部屋で飲むコーヒーは、いつもインスタントだったのだ。

彼女は「マンデリンの味」が好きだったのではなく、「マンデリンを飲むこと」が好きだったのかもしれない——と、いまは思う。

ミルと豆を持って新宿まで出て、プラスチック製のドリッパーとペーパーフィルターを買った。代金は、ミルも含めてすべて、彼女が支払った。僕が財布《さいふ》を出しかけると、そのたびに彼女は、だめ、というふうに首を横に振った。

僕たちの買い物には三種類ある。

「僕のもの」と「彼女のもの」、そして「僕たちのもの」——その年の夏に「彼女の部屋」が「僕たちの部屋」になった頃から、それが増えた。

コーヒーミルやドリッパーは「彼女のもの」という扱いになったわけだ。

少し意外だった。

「俺もコーヒー飲むんだから、やっぱり半分払うよ」

だが、彼女は、家庭教師のアルバイトの給料が入ったばかりだからという理由で、どうしても僕には払わせてくれなかった。


アパートに帰ると、彼女はさっそくコーヒー豆をミルで挽いた。

カリカリカリ、という音はとても軽やかで耳に心地よく、彼女には「それはいくらなんでもないんじゃない？」と笑われたが、豆を挽くだけでもコーヒーのふくよかな香りが部屋にたちこめてきたような気がした。

お湯を沸《わ》かしてコーヒーをいれると、香りはさらに濃くなった。ドリップ式でいれたコーヒーを喫茶店以外で飲むのは初めてだった。ドリッパーの様子をすぐそばで見るのも、もちろん初めて。黒っぽい褐色《かっしょく》の粉がお湯を入れるとふわっとふくらみ、きめの細かな気泡《きほう》をつくって、そこからひとしずくずつコーヒーがカップに落ちていく。

「こんなふうにできるんだなあ、コーヒーって」

思わずつぶやくと、「理科の実験じゃないんだから」とまた笑われた。

「田舎の家でも、こうやってコーヒーいれてるの？」

「ううん、ウチはお父さんが日本茶しか飲まないし、お母さんとわたしはインスタント。

一杯ずついれるのって、けっこう手間がかかるしね」

キッチンにコーヒーメーカーが置いてある風景があたりまえになったのは、いつ頃からだっただろう。あの頃はまだコーヒーメーカーは贅沢品だった。ふるさとの姉が友人の結婚祝いにみんなでお金を出し合ってコーヒーメーカーを贈ったとき、母は「もうちょっと役に立つものを贈ってあげればいいのに」と、いい顔をしなかった。そのしかめっつらとあきれたような声を、いまもはっきりと覚えている。

「もうそろそろいいかな」

彼女はカップにコーヒーがたまったのを確かめ、「しずくの最後のほうまで入っちゃうと渋みが出るから」と言った。

「ほんとに詳しいなあ」

「わたしが詳しいんじゃなくて、詳しいひとが言ってたことを覚えてるだけだってね、と彼女はいたずらっぽい含み笑いでつづけた。

「豆を挽くのも、フィルターを使っていれるのも、自分でするのは初めてなんだよ」

「でも、すごく慣れてる感じだった」

「慣れてるひとの手つきを見てるうちに覚えただけだってば」

「友だちにコーヒーに詳しいひとがいたの？」

「まあね」

彼女はおだやかに微笑んでいた。まなざしはどうだっただろう。僕を見つめていたのか、それとも窓の外に目をやっていたのか、もっと遠くの、ここにはいない誰かを見ていたのだろうか。肝心《かんじん》なところを覚えていない。

いや、たとえまなざしのありかに気づいていたとしても、僕にはなにもできなかったはずだ。十九歳の僕は、ひとの心は言葉や表情よりもまなざしにあらわれるということを、まだ知らなかった。「ちょっと考えればわかること」は手の届かない遠くにあるわけではない。それはいつも僕のすぐそばをすり抜けていた。ゆっくりと。時には立ち止まって振り返りさえしながら。

気配は感じる。きっと手を伸ばせば届く。だが、どこをどう捕まえればいいのかがわからない。それがつまり、僕がまだおとなではなかったということなのだろう。

コーヒーの入ったマグカップを「はい」と渡された。「せっかくなんだから、ミルクと砂糖なしで飲んでみてよ」と釘《くぎ》を刺された。コーヒーにはミルクと砂糖が欠かせない――僕はやはり、子どもだったのだ。

コーヒーの香りが湯気に乗って鼻をくすぐる。いい香りだった。一口啜ると、その香りは体の内側から鼻に抜ける。ブラックで飲むマンデリンはかなり苦かった。いまにして思えば彼女の豆の挽き方に問題があったのかもしれないし、目分量《めぶんりょう》でミルに入れた豆の量も多すぎたのかもしれない。

それでも、香りが苦みを包み込んでくれる。マグカップ一杯のコーヒーを飲み干す頃には苦みにも慣れてきた。

「子どもの頃、コーヒーって親に飲ませてもらえなかったでしょ。目が冴《さ》えて眠れなくなるからだめだ、って」

「うん……」

「たまに飲ませてもらうときも、カフェオレみたいに牛乳たっぷり入れて……牛乳を冷たいまま入れちゃうから、ぬるくなっちゃうんだよね」

「そうそう」

「砂糖もたくさん入れるから、スプーンで掻《か》き混ぜなきゃいけなくて」

「カップの底に溶けきらなかった砂糖が残ってるんだよな」

その砂糖をスプーンですくって食べるのが田舎にいた頃の僕は好きだったのだが――さすがにそれは黙っておいた。

「でも、考えてみれば、砂糖やミルクをスプーンで掻き混ぜるときの時間っていうか、間って、けっこう大事だよね」

「そう？」

「うん……ちょっとうつむいて、スプーンをカチカチ鳴らしてる時間って、やっぱり大事だと思う」

彼女はそう言って、「告白や別れ話の前とかね」と笑った。

僕も「ドラマみたいだな」と笑い返した。「ちょっと考えればわかること」は、そのときもまた、まるで猫のようにするりと僕の脇《わき》をすり抜けてしまったのだろう。

「ねえ、もう一杯お代わりしない？」

応える前に、ミルに豆をセットする。どうせ「要らないよ」と言ったって、「いいじゃない」とかまわず二杯目をいれるひとなのだ。

ハンドルの動きに合わせて、刃が豆を砕《くだ》く。

カリカリカリカリという音は、メロディーのない音楽のようだった。

そして、左手でミルを押さえ、右手でゆっくりとハンドルを回す彼女のしぐさは、なんだか楽器を奏《かな》でているようにも見えた。

彼女が右手を止める。メロディーのない音楽も止まる。

僕を見る。「ちょっとぉ、ぼーっとしてないで、お湯ぐらい沸かしてよ」と軽くにらむ。

流し台に一口のガスコンロだけの手狭な台所でお湯を沸かし、その間にカップを洗った。食器棚代わりに使っているカラーボックスの上に、クッキーの箱がある。ゆうべ遅く、一泊二日の短い帰省《きせい》の旅から帰ってきた彼女のバッグの中に入っていた。

「これ、ほんとに持って行くの？」

「まさか」と彼女は笑った。「お父さんがあんまりしつこく言うから、とりあえず持って帰っただけだから」

アパートの大家さんに持って行け、と言われたらしい。いままでずっとお世話になったんだから、ちゃんと挨拶《あいさつ》するんだぞ、とも。「まだ三月まで四カ月もあるのに、お父さん、ほんとにせっかちな性格なんだよね」と彼女はゆうべあきれ顔で僕に言って、僕が「あと四カ月しかないんだけどな」と苦笑交じりに返すと、黙ってそっぽを向いたのだった。

クッキーの包装紙には洋菓子店の名前と電話番号が印刷されていた。長い市外局番――彼女のふるさとは、東京から数百キロも離れている。

「食べちゃおうよ、二人で」

「いいのか？」

「だって、家賃はきちんと払ってるんだし、べつに特別にお世話になってるわけでもないし……ヘタに顔を見せて、よけいなこと言われたら嫌じゃない」

アパートの大家さんは隣の敷地《しきち》に大きな一軒家をかまえているおばあさんだった。僕たちが無断で同居をしていることにうすうす勘づいているらしく、二階の僕たちの部屋のベランダを監視するように見上げていることも、たまにある。

「ぼってりしてて田舎っぽいクッキーだけど、向こうだとけっこう有名なお店で、美味しいんだよ。わたしも食べるのひさしぶり」

　僕は黙ってガスコンロの火を消した。

　ゆうべからずっと、正確には彼女が帰省している間じゅう、胸にもやもやとしたものがたまっている。訊きたいことがある。訊かなければならないことでもある。とても大切な話だから——僕のほうからは切り出せずにいる。

「クッキー、開けてよ」

　ヤカンを取りに来た彼女が言う。

　僕は包装紙をはずしながら、「ここ、駅から近くて便利なんだけどな」と言った。

　なにが、とは彼女は訊かない。それこそ「ちょっと考えればわかること」だから。

「でも、古いし、フローリングじゃないし」

　彼女は言った。フローリングの床が人気になっていた頃だ。オートロックのワンルームマンションも少しずつ増えていたが、ロフト付きの部屋はまだほとんどなかった。

「せめて洗濯機《せんたくき》ぐらい部屋の中に置けないとね。コインランドリーでつかったお金、四年間でいくらになるかと思うと、ほんと、アタマにきちゃう」

　このアパートは、洗濯機を各部屋の前の共用廊下に置くことになっている。それがどうしても嫌だから、と彼女は洗濯機を買わずに近所のコインランドリーを使っていた。僕と知り合ったのも、そのコインランドリーの常連客同士として、だった。秋からめったに帰らなくなった僕のアパートには、共用廊下に洗濯機を置くための設備すらなかったのだ。もう一度言っておく。ドイツがまだ東西に分かれていて、中国の文化大革命は数年前に終わったばかりで、ソビエト連邦という超大国が世界地図から消え失《う》せてしまう日が来るなど夢にも思っていなかった頃の話だ。

部屋にまたコーヒーの香りが漂いはじめる。

「今度はどんな部屋がいい？」

彼女の返事はなかった。

三月の卒業に合わせて部屋を引き払うことは決めている。だが、そのあとのことは、彼女はなにも話してくれない。九月や十月の頃は書き込みだらけだった壁のカレンダーは、十一月のページになると急に白っぽくなってしまった。就職がまだ決まっていない。すでにほとんどの企業の入社試験は終わっている。ふるさとの父親から電話がかかってきて、平日に大学を休んでばたばたと帰省したのも、そのことにかかわっているのだろう。

田舎でなにをしてきた――？

どんなひとに会ってきた――？

これから、どうする――？

そんな言葉がいくつも喉につっかえている。

二杯目のコーヒーは、一杯目よりさらに美味かった。豆の量を加減したのか、苦みもまろやかになった。なにより香りがいい。「たしかアレなのよ、そんなに勢いをつけずに、ちょろちょろって感じで……」とひとりごちるように言って、ヤカンのお湯を細めにゆっくりと注いだのがよかったのだろうか。

コーヒーの味は不思議だ。それだけなら苦いのに、胸の奥に苦い思いがあると、それを包み込んで、むしろほんのりと甘くなる。

「ミルクや砂糖、いいの？」

彼女に訊かれて、「ブラックも美味いよ」と答えた。

「昨日までコーヒー牛乳みたいなのを飲んでたくせに、生意気なこと言っちゃって」と彼女は笑い、「無理しなくていいから、いまからでも入れれば？」とさらに笑った。

意地悪な冗談だと思って受け流していたら、彼女はわざわざ立ち上がって台所まで行き、パック入りの牛乳とスプーン、そして喫茶店に入るたびにこっそり失敬しているスティックシュガーを持ってきた。

「入れなさいよ、ほら、遠慮しなくていいんだから」

「遠慮なんかしてないって」

「カッコつけなくていいってば」

「そうじゃないよ」

そこまでは僕も彼女も冗談の口調だった。

だが、彼女は不意に「いいから、入れて」と真顔《まがお》になって、僕に無理やりスプーンを持たせた。「入れなくてもいいから、搔き混ぜてて」

「……どうしたんだよ」

「いいから」

嫌だ、とは言えないような雰囲気に半ば気《け》おされて、しかたなくスプーンをコーヒーに入れた。せっかくのコーヒーの香りを薄めたくない。冷たい牛乳を足して湯気が消えると香りも一緒になくなってしまいそうな気がして、砂糖だけ入れた。

スプーンを動かし、カチャカチャという音が聞こえると、彼女はやっと安心したように息をついて、「やっぱり、この音がないとね」と笑った。

僕はなにも応えず、顔も上げずに、コーヒーを搔き混ぜる。「ちょっと考えればわかること」には疎《うと》い僕でも、「ちょっと思いだせばわかること」ぐらいはある。

コーヒーに渦《うず》ができる。もう砂糖は溶けきっているはずだが、スプーンを止めてはいけないような気がして、搔き混ぜるのをつづけた。

彼女は小さくうなずいて、ありがと、とつぶやくように言った。

そして、窓の外に目をやって、静かにつづけた。

「就職、向こうで決めてきたから」

季節の移り変わりに境目の一日があるのだとすれば、その年の秋は、彼女がコーヒーミルを買ったあの日曜日に終わったのだろう。

月曜日から天気がぐずつき、寒い日がつづいた。

座卓《ざたく》として使っていたコタツにヒーターを取り付け、コタツ布団を掛けた。

狭い六畳間はコタツ布団のせいでいっそう窮屈になってしまったが、そのぶん「わが家」らしくなった。コタツそのもののサイズは変わらないのに、布団を掛けると、向き合って座る僕と彼女の距離も縮まったように感じられる。

コーヒーもそうだ。コタツで飲むコーヒーは、うっすらとたちのぼる湯気がいかにも温かそうで、香りもやわらかい。コタツの上で彼女がミルを回し、コーヒーをいれるのを、向かい側から背中を丸めて見ていると、なんともいえない懐かしさを感じる。

それが不思議だった。

僕の実家ではコーヒーはインスタントだし、僕自身がコーヒーを飲むようになったのも高校生になってからだった。

なのに、アパートの部屋で彼女と飲むコーヒーは、むしょうに懐かしい。コタツの天板の上におそろいの白いマグカップが二つ並んでいる風景も、むしょうに懐かしい。ミルを回すカリカリカリという音も、ドリッパーからしたたるコーヒーのしずくも、香りも、苦みも、とにかくすべてが、むしょうに懐かしいのだ。

「具体的に思いだせるような懐かしさじゃないんだ。記憶に残ってるっていうより、もっと古い、赤ん坊の頃よりもっと昔の……」

「前世？」

彼女はからかうように言って、そういうんじゃなくて、と僕が言いかけると、「わかってるわかってる」と真顔に戻ってつづけた。

「逆なんだと思うよ」

「逆って？」

「コーヒーのことが、いま懐かしいわけじゃないの。これから懐かしくなるのよ。あなたはいま、未来の懐かしさを予感してるの。だから、なにも思いだせないのに懐かしいの」

わたしだってあるよ、と彼女は言う。

小学六年生の頃、運動会の途中で、不意にたまらない懐かしさに包まれたことがある。小学校のグラウンドの風景すべてが、まるでパノラマ写真のようにくっきりと目に映る。現実の風景と記憶の中の風景がぴったりと重なり合ったような気がした。

「でも、そうじゃないんだと思ったの。五年生までの運動会を懐かしんでるんじゃなくて、この風景がいつか懐かしくなるんだろうな、って感じてるの」

　現実の風景とぴったり重なったのは、何年か何十年かたって振り返る運動会の風景だった。胸に湧《わ》き上がる懐かしさは、小学六年生の彼女ではなく、おとなになった彼女が感じるはずの懐かしさだった。

「あのとき、わたしは遠い未来に一瞬だけ先回りしちゃったのよ、たぶん」

　ＳＦの世界みたいだった。

　だが、「デジャ・ビュもそういうことなんじゃない？」と彼女が言うと、なるほど、そうかもしれないなあ、とうなずくしかなかった。

「いつか懐かしくなるのよ、この部屋でコーヒーを飲んでたことが」

　彼女はそう言って、ミルのハンドルを回しはじめる。

　二杯目のコーヒーをいれる。

「いつか、って……いつなんだろうな」と僕はつぶやく声で言った。

　彼女は挽いた豆をフィルターに移しながら、「おとなになってからなんじゃない？」と笑った。

　僕は三月に二十歳《はたち》の誕生日を迎える。だが、四月からふるさとで暮らす彼女が、その日もまだ東京にいるのかどうかは、わからない。

　コタツに足を入れたまま、ごろん、と横になった。

ほんとうは、もう一つ、訊きたいことがあった。

この風景を、俺たちはいつか、二人で思いだせるのかな——。

コーヒーの香りが漂ってくる。

僕は目を閉じる。

「年末は早めに向こうに帰るから」と彼女は言った。

「いつ？」

「二十日かな。就職でお世話になったひとに挨拶しなきゃいけないから。年末になると向こうも忙しいでしょ、だから、その前に」

「こっちにはいつ帰ってくる？」

「年明けの……十日ぐらいになっちゃうかなあ」

二人で過ごす初めてのクリスマスになるはずだった。

初詣《はつもうで》にも二人で出かけるつもりだった。

だが、それが難しいというのは「ちょっと考えればわかること」だった。

いまの胸のせつなさややるせなさも、僕はいつか懐かしく思いだすのだろうか。

そのときは、きっと一人で思いだすんだろうな、という気がした。

僕が東京で迎える二度目の、彼女にとって最後の冬は、コーヒーとともに過ぎていった。

　僕はもう、コーヒーにミルクや砂糖は入れない。苦みをそのまま味わいたい。なにも混ざらない香りをかぎたい。

「ねえ、ストレートのコーヒーを飲むときは、これからもずっとマンデリンにしてよ」

　彼女が不意に言いだしたのは、二月の初めだった。

　寒い夜だった。僕たちはいつものようにコタツに入って向かい合い、いつものようにコーヒーを飲んでいた。

　音を絞《しぼ》ったラジオでは、佐野元春が古いポップスを巻き舌で紹介していた。ラジオをレィディオと発音するんだと教えてくれたのは佐野元春で、テニスのラケットはスパゲティの湯切りに使えるんだと村上春樹が教えてくれた、そういう時代だ。テレビよりもラジオのほうがずっと面白く、僕のまわりの連中はまだ誰もパスタという言葉を知らなかった、そういう時代でもある。

「ほかの豆より苦いけど、わたしは好きだから」

　彼女は「わたしは」を強めて付け加えた。

　僕はコタツの中に入れていた手をカップに伸ばし、コーヒーを一口啜って、「ずっと訊きたいことがあったんだけど」と言った。

「なに？」

た。

「なんでマンデリンなのかな、って」

手をコタツの中に戻しながら、「なにか特別な思い出があるのかな、って」とつづけた。

彼女は少し間をおいて、「まあね」とうなずいた。「特別といえば特別かもね」

「それって……俺にも教えてもらえるような話？」

「べつにかまわないけど」

彼女は僕のカップを覗《のぞ》き込んで、「お代わりする？」と言った。

うなずいて、「ひさしぶりにミルクや砂糖を入れたほうがいいような話かな」と訊くと、彼女はコーヒー豆をストッカーから出しながら、「そうかも」と言った。


彼女のふるさとは、県庁のある城下町だった。戦後――という言い方が通じるのも僕たちが最後の世代だと思うのだが、とにかく戦後になっても街並みは江戸時代の面影を残したまま、保守的な土地柄《がら》も保ちつづけていた。

男子は地区でトップの県立高校から地元の国立大学に進んで、県庁か市役所に勤めるというのが、いわゆる出世コース。女子は地区で二番目にレベルの高い高校から地元の短大を出て、出世コースにいる男子と結婚する、というのが幸せだとされた。「二番目っていうところがいいでしょ」と彼女は苦笑して、「生意気なオンナや理屈っぽいオンナは要らないってこと」と、うんざりしたように首をひねった。

彼女はトップ校に進んだ。地元の国立大学なら軽々と合格する成績だったが、東京の大学にこだわった。

ふるさとから出て行きたくてしかたなかった。雑誌やラジオで仕入れた情報を頼りに輸入盤のレコードを通信販売で買い、アートシアターや岩波ホールでかかっているような映画は、『キネマ旬報《じゅんぽう》』に載っているシナリオやスチール写真から中身を想像した。原宿の竹下通りなど、実際には一度も歩いていないのに、上京前に店の配置をほとんど覚え込んでいた。

「要するに、都会に憧れて背伸びをしてる、嫌な女子高生だったたってわけ」

彼女はくすぐったそうに言う。

マンデリンとも、そんなふうに出会った。

「高校三年生になった頃、おしゃれな喫茶店ができたの。コーヒー専門店……カタカナじゃなくて漢字の『珈琲』が似合うお店。東京だと全然たいしたことないんだけど、田舎の喫茶店って、ほら、コーヒーよりもランチのほうが大事だし、インベーダーゲームとかポーカーゲームとか……もう、ひどいんだから」

喫茶店の名前は『待夢』――タイムと読む。

確かに東京では、そのネーミングセンスはつらい。

「でもね、夢を待つっていうのが、やっぱりよかったの、あの頃のわたしには……」

『待夢』は、初老の夫婦で営んでいる小さな店だったが、そのぶん常連になると居心地が良かった。北欧から取り寄せたというアンティークなテーブルセットに座って、カウンターに並ぶサイフォンや、種類ごとにコーヒー豆の入ったガラス瓶を見ていると、それだけで田舎町の田園風景を忘れられた。

「いつも一人で行ってたの。学校の友だちと一緒に行く店とは違うんだって、自分で決めてた。ほかのお客さんも、そういうひとが多かったの。ほんとにコーヒーが好きで、コーヒーをゆっくり味わいたい、っていうひと」

自分もそんな店の常連客の一人だというのが、うれしかった。同級生より一足先におとなになったような気がしていた。

「わたしね、いまだから言うけど、コーヒーをブラックで飲むようになったのって、その店に行くようになってからなんだよ」

それまでは、僕よりもずっとたくさんのミルクと砂糖を入れていた。

「だから、あなたのコーヒーの飲み方を見てたら、ほんと、懐かしくて、おかしくて……」

しかも、お店のオリジナルブレンドだけではなく、ストレートにも挑戦してみた。

「もちろんモカやキリマンジャロもあったんだけど、ほら、そういうときって、ちょっと変わったのを頼んでみたいじゃない」

だから、マンデリン。

「よりによって、いちばん苦みの強いのを選んじゃったわけ」

彼女は、やれやれ、と笑った。記憶の中でマンデリンを一口飲んだみたいに、ほろ苦い笑顔になっていた。

僕は黙って、自分のマンデリンを啜った。彼女はわざわざミルクと砂糖を出してくれたが、ブラックのままにした。苦みを薄れさせたくない。二十歳の誕生日はまだあと一カ月も先だったが、今夜おとなになりたい、と決めた。

「一人で行ってた、って言ってたよな」

「うん……そう、一人で」

「席に座ってたのも一人?」

僕の問いに、彼女はほんの一瞬だけきょとんとした表情を浮かべ、それからフフッと笑って、首を横に振った。

「大学生だったの、彼は。三年生だったから、三つ上。コーヒーに詳しくてね、ドリップ式のいれ方も、彼が教えてくれたの」

「そのひとと付き合ってたから、早くおとなになりたかった?」

「それもあるかもね」

背伸びをしてマンデリンをブラックで飲む彼女を、そのひとはいつもおだやかに微笑んで見つめていたのだという。

そして、その笑顔のまま、東京の大学に合格した彼女に「遠すぎるから……」と別れを告げた。

「でも、それ、わたしに気をつかってくれただけだと思う。いまならわかる。あのひとの笑顔って、最初から最後まで、妹を見てる笑顔だったもん」

別れを告げる日、そのひとは、いつものようにマンデリンを頼んだ彼女に「ひさしぶりにミルクと砂糖を入れてみれば？」と言った。怪訝に思いながらもスプーンでコーヒーを掻き混ぜていると、ぽつりと「ごめんな」と言われた。

「やっぱり、ミルクと砂糖、いいよね。別れ話を切り出すのにも聞くのにも間がとれるし、それに、つらい話を聞いたあとで苦ーいコーヒーを飲むと、もっとつらくなるでしょ。あのまろやかさと、甘みがいいの。救ってくれるの」

僕はコタツの上のミルクをちらりと見た。砂糖も見た。けれど、手は伸ばさなかった。

ラジオから、佐野元春の声が聞こえる。

世界中の恋人のために、と前置きをして紹介したのは、ザ・ロネッツの『ビー・マイ・ベイビー』だった。

「そのひとは、いまは……なにしてるの？」

「わからない。もともと下宿生だったから、あの街では就職してないと思う」

「『待夢』っていうお店は?」

「いまもあるわよ。けっこうお客さん入ってるみたい。ウチの田舎も、ちょっとはセンスのいいひとが増えてきたってことかな」

秋の終わりに帰省したとき、ひさしぶりに——高校を卒業して以来初めて、寄ってみた。

「入ってみたら、その瞬間、魔法が解けた感じだったの。シンデレラの馬車がただのカボチャに戻ったみたいに、テーブルも椅子も、お店の雰囲気も、全然おしゃれじゃないのよ。なんでこんなお店に憧れてたんだろう、って自分でもびっくりするぐらい」

でもね、と彼女はつづけた。

「居心地のよさは同じだったの。あの頃は『待夢』が東京への入り口みたいに思えてたけど、いまは逆に、昔と同じ席に座って、同じマンデリンを飲んでたら、わたしのふるさとはここなんだなあ、って……わたしは、この街のことが、ほんとうはそれほど嫌いじゃなかったんだなあ、って……」

コーヒーを飲み干したときに、父親がつてをたどって進めてくれていた就職の話に乗ろう、と決めた。

彼女はさばさばとした顔で、「と、いうわけ」と言った。

その夜遅く、僕はわずかな「僕のもの」を持ってアパートを出た。

途中まで送ってくれた彼女は、大通りの先のほうに明かりが煌々《こうこう》と灯《とも》っているのを見て、「また新しいコンビニができたんだね」と言った。コンビニエンスストアが街に増えていた時代――あの頃から、僕たちの夜は、どんどん長くなっていった。

冷え込みのきつい夜だった。そのかわり、空は、きん、と冴えわたっていた。

大げさに身震いしながら僕の腕に抱きついた彼女は、「ウチの田舎の冬はもっと寒いよ」と言った。吐き出す白い息には、コーヒーの香りが溶けていた。

「もう、ここでいいよ」

歩道橋のある交差点で足を停めた。

彼女も、そうだね、とうなずいて僕の腕から離れた。

「元気で」「あなたもね」と短い別れの言葉を交わしたあと、彼女は、ドリッパーからしたたり落ちるコーヒーの最後のしずくのように、ぽつりと付け加えた。

「さよなら」

あれから二十数年の時が流れた。

僕の魔法はまだ解けていない。あの頃よりもずっと路線が複雑になった地下鉄の乗り換えにしょっちゅうしくじりながら、東京で暮らしている。

四十歳を過ぎた頃から、若い頃のことを思いだす機会が増えた。記憶をたどるというより、ふとしたきっかけで、不意にあの頃の風景や言葉が浮かび上がってくるのだ。

それをつかまえて、小さな脚色や言い訳や、あの頃の自分たちへのささやかなエールを混ぜてお話に仕立て上げるのが、いまの僕の仕事だ。

彼女とは、あれきり会っていない。どこで暮らしているのかも知らない。

ただ、待ち合わせに早く着きすぎて、喫茶店で一人でコーヒーを飲んでいると、ときどき彼女のことを思いだす。

俺、いまでもコーヒーはマンデリンのブラックだぜ――。

もしも彼女に届くのなら、その言葉だけを伝えたい。ずっとそう思っている。


喫茶店のドアチャイムが鳴って、待ち合わせの相手がようやく姿を見せた。

「すみません、遅れちゃいまして」

まだ若い彼はしきりに恐縮していたが、気にすることなどない。

冬枯れの公園の並木を眺めながらコーヒーを飲んでいたら、あの頃の僕と彼女のような二人が店に入ってきて、量り売りのコーヒー豆を買ったのだ。

あの二人の部屋にも、コーヒーの香りは漂っているだろうか。

いつまでもそれが消えずにいればいいな、と思う。

「じゃあ、さっそくなんですが……」

彼も忙しいのだろう、席につくなり書類を出し、手帳を広げる。

僕は椅子に座り直し、じゃあまたな、とあの頃の僕に別れを告げて、頭を仕事に切り換える。

ウェイトレスが注文を取りに来た。彼は気ぜわしそうに「コーヒー、ホット、ブレンド」と号令《ごうれい》みたいな口調でオーダーし、僕にも「コーヒー、お代わりしますか？」と訊いてきた。

僕は苦笑交じりにうなずいて、ゆっくりと言う。

「マンデリン、もう一杯」

立ち去る途中だったあの頃の僕が振り向いて、元気でな、と言った。

冬の散歩道

男はベンチに座っていた。

桜並木の公園にもなっている川沿いの遊歩道《ゆうほどう》から、ぼんやりと川面《かわも》を見つめ、ときどき小さなため息をついていた。

川の流れは悠々《ゆうゆう》として、ときおり水上バスが行き交《か》う。昔から「水の都」「川の都」と呼ばれてきた街だ。水量の豊かな川が何本にも分かれて街を割るように流れ、いくつもある広い中洲《なかす》は、それぞれ、オフィス街だったり問屋街だったり、江戸時代の遊郭《ゆうかく》の跡地だったりする。

男のいる中洲は、街の北側にある。二十数階建てのホテルや、ホテルよりさらに背の高いビジネスセンターが建ち並ぶ一角だった。平日なら、この時刻——昼下がりの遊歩道は、ビジネスセンターに出入りするサラリーマンやＯＬでにぎわっているはずだが、日曜日のオフィス街は閑散《かんさん》として、遊歩道にいるのは人間よりもむしろ野良猫のほうが多い。

選んでここを訪れたわけではない。あてもなく電車を乗り継ぎ、適当な駅で降りて、そこから先もぶらぶらと思いつくまま交差点を曲がったり歩道橋を渡ったりしているうちに、道路が川に突き当たってしまったのだ。

どこでもよかった。そう、どこでもいいんだ、と男はつぶやいて、またため息をついた。

男はひどく疲れていた。つらいことがたくさんあった。なにより、ひとりぼっちだった。

歩き疲れた足を休めるつもりでベンチに腰かけたが、いったん座ってしまうと、もう立ち上がる気力は失《う》せてしまった。

葉をほとんど落とした桜の木から、また一枚、色づいた葉が舞い落ちる。川面を吹き渡る風は冷たく、群れになって休んでいる小さな白い水鳥も、木枯らしに凍《こご》え、身を縮めているように見える。

季節は冬だ。もうすぐ一年が終わる。坂道を転げ落ちるような一年だった。そして、その下り坂は、年を越してもさらに——どこまでも果てしなくつづいているのだろう。

河口へと向かう水上バスが通り過ぎる。ほどなく、今度は河口から川をさかのぼる水上バスが通り過ぎる。そのたびに水鳥はいっせいに川面から飛び立ち、また戻ってくる。

渡り鳥なのだろうか。それとも、一年中ずっとこの川で暮らしているのだろうか。

生き物のことにはまったく疎《うと》い。遊歩道の並木が桜だというのも、ここが花見の名所だと知っていたから、たぶん桜の木なのだろうと思っただけだ。三十年以上生きてきて、鳥や木の名前もろくに知らない人生だったのかと思うと、力の抜けた苦笑いが浮かぶ。そろそろ行こうか、と自分に言い聞かせても、体が動かない。

男は、ほんとうに疲れ切っていたのだ。


いつのまにか、うたた寝をしていた。けたたましい犬の鳴き声で、われに返った。

目を開けて、のろのろと顔を上げると、遊歩道で二匹の犬がケンカをしていた。

二匹とも散歩中の飼い犬だったが、どちらもかなり大きな——小さな子どもならおびえてしまいそうなコワモテの犬だった。しかも、犬を連れているのはどちらも若い女性で、二人とも急に暴《あば》れだした犬を抱きかかえることも手元に引き戻すこともできず、それどころか犬にずるずると引きずられている。

だいじょうぶだろうかと見ていると、片方の女性が転んでしまった。もう一方の女性も犬の激しい暴れ方に身がすくんでしまって、リードを手放さないでいるのがやっとのありさまだった。

「すみませーん！　ちょっと手伝ってください！　お願いします！」

転んだほうの女性が、男に助けを求めた。

男はあわてて立ち上がる。犬の扱いに慣れているわけではなかったが、放っておくわけにもいかない。

転んだ女性に駆け寄って、リードの持ち手を受け取った。二匹の犬は組んずほぐれつのケンカをつづけている。無理やりリードを引っぱって引き寄せようとしても、相手の犬まで一緒についてきてしまう。犬が本気で牙《きば》を剝いているのを間近に見るのは初めてだった。ただの脅《おど》しではないうなり声や吠《ほ》え声の迫力も初めて知った。だいじょうぶだろうか、ヘタに止めたら、怒って俺に襲《おそ》いかかってくるんじゃないか……と心配しながらも、なんとか二匹を引き離して落ち着かせた。

「すみません、助かりました」

「ありがとうございます」

飼い主の女性に、二人そろってお礼を言われた。べつに胸がときめくというわけではなかったが、ちょっと誇《ほこ》らしい気分になって、転んだ女性に「ケガはなかった？」と声をかけてみた。

「だいじょうぶです」とにっこり笑う彼女にリードを渡して、またベンチに戻った。

二人がまた歩きだしたのを確かめて、やれやれ、まいったな、と苦笑した。リードの持ち手を強く握りしめていた右の手のひらは赤く腫《は》れたようにこわばり、急に力を込めたせいで肩や肘《ひじ》も痛い。

ただ、そのおかげで眠気はすっかり消えた。危ないところだった。こんなところでうたた寝などしたら風邪《かぜ》をひいてしまう。

べつにいいんだけどな、いまさら風邪をひこうとひくまいと。ぽつりとつぶやいて、また苦笑した。

自転車のブレーキの音で、ふっと目が覚めた。また眠っていたんだと気づき、おいおい、しっかりしろよ、と苦笑交じりにベンチに座り直した。

目の前の遊歩道には、子ども用の自転車が乗り捨ててあった。少し離れたところに小学三、四年ぐらいの少年がいる。息せき切ってここまで自転車を漕《こ》いできて、大あわてで降りた——そんな様子だ。

少年は探しものをしていた。遊歩道の路面にきょろきょろと目をやって、あっちにダッシュしたり、こっちに駆け戻ったりして、あわただしく動きまわっている。

なにか大事なものを落としてしまったのかもしれない。最初からこわばっていた顔は、しだいに泣きべそをかく寸前の表情に変わってきた。

少年はベンチの男に気づくと、意を決したように声をかけてきた。

「おじさん……このへんに鍵《かぎ》が落ちてませんでしたか？」

家の鍵なのだという。自転車に乗っているときに落としてしまった。さっき、ここを通ったときに、チャリン、という音がした。そのときはまさか鍵だとは思わなかったから放っておいたが、家に帰ってからポケットの中の鍵がないことに気づいて、母親に叱《しか》られて、見つけてこないとクリスマスプレゼントもお年玉もあげないからね、と言われて……。

事情を説明しているうちに、少年はとうとう泣きだしてしまった。「おい、ちょっと、ボク、泣くなよ」とあわてて声をかけたが、張り詰めていたものが切れてしまったように、泣きやむ気配はない。

「……おじさんも一緒に探してやるから、なっ、ほら、泣くなよ」

しかたなくベンチから立ち上がり、少年と一緒に鍵を探しはじめた。歩くだけでなく、桜の落ち葉をどけたり、かがみ込んで視線の角度を変えたり、「もっと先だったかもしれない」という少年の言葉に従って、下流のほうに小走りに向かったりした。

なにやってるんだろうなあ、俺……。

自分でもばからしくなったが、いまさらやめるわけにもいかない。しまいには遊歩道に四《よ》つん這《ば》いになって路面を斜《なな》めから見つめながら、男は何度もため息をついた。

「あらあらあらっ、ちょっとやだぁ！」

おばさんのあわてた声で、目が覚めた。

うたた寝してたのか、また——。

さすがにあきれた。

少年と一緒に探していた鍵は、無事に見つかったのだ。男が見つけた。少年が言っていた「このへん」よりも百メートル近くいったところに落ちていた。「ボク、鍵って、これじゃないか？」と渡してやると、少年はパッと目を輝かせて「そう！」と声をあげた。

「ありがとうございました！」と何度もお礼を言われた。はずんだ甲高《かんだか》い声は耳に気持ちよく響《ひび》いたが、それ以上に、さっきまでとは一転して元気よく自転車を漕いで家に向かう少年の背中が、気持ちよかった。

ベンチに戻って、俺もガキの頃はしょっちゅう落とし物をしてたんだよなあ、あれはあせるんだよなあ、と思いだし笑いを浮かべているうちに、また眠ってしまったらしい。

今度はいったいなんなんだ——？

遊歩道に目をやると、野菜や果物やパック入りの肉や魚やお菓子や食用油や紙パックの牛乳やケースに入った卵や食パンやアイスクリームやペットボトルのジュースやお茶や洗剤が、路面に散らばっていた。

その真ん中に、でっぷり太ったおばさんが、途方に暮れた顔でたたずんでいる。取っ手のところがちぎれてしまったスーパーマーケットのレジ袋を提《さ》げていた。買い物帰りに、レジ袋が重さに耐《た》えきれずにちぎれて、買ったものがぜんぶ落ちてしまったのだろう。

「もう、まったくもう、あそこの袋は薄いのよ、袋も一枚しかくれないし、こんなところで経費節減してどうするっていうのよ……」

おばさんは一人でぶつくさ言いながら、まず卵のケースを拾い上げ、中の卵が割れていないのを確かめて、少しだけほっとした顔になった。

もっとも、落ちたものを拾っても、それを入れる袋がないのではどうにもならない。おばさんもすぐにそのことに気づいて、卵のケースを持ったまま、あたりを見回した。

男と目が合った。男はさりげなく目をそらしたが、おばさんはかまわず「すみませーん」と声をかけてきた。

「……はい？」

「あのね、ちょっと悪いんだけど、そこの隣に置いていい？　すぐにコンビニに行ってなにか買い物して、レジ袋をもらってくるから……それまで、荷物番っていうか、見ててもらえる？」

男は「はあ……」とうなずいた。うなずくしかなかった。こういう状況で「いやです」と言えるような性格なら——ここまで心身ともに疲れ果てることもなかったはずなのだ。

おばさんは落ちたものを拾い集めてはベンチに持ってきた。「あー、腰が痛い」「膝《ひざ》が痛い痛い痛い」といちいち口に出すので、なんとなくベンチに座ったままではいられなくなって、男も手伝った。

「じゃあ、悪いけど、よろしくね」

「コンビニ、近所にあるんですか？」

「さあ……でも、あるわよ、コンビニなんだから」

わかったようなわからないような理屈で、おばさんはさっさと歩きだした。店の場所を知らないくせに、やたらと自信に満ちた歩き方だった。

だが――おばさんはそのまま、三十分たっても戻ってこなかった。

まいったなあ、と男は何度もため息をついた。ベンチの隣に山と積まれた食料に目をやると、また、ため息が漏《も》れる。

遊歩道を行き交うひとたちの視線も気になるし、どうも野良猫が徘徊《はいかい》する距離が少しずつ詰まってきているようにも思える。

知らん顔して立ち去ってしまおうか、と何度も考えた。おそらく、あのおばさんとは一生会うことはないはずだし。

そのたびに、一生かよ……と苦笑した。そりゃそうだ、もう会うわけなんてないだろうと、わざと冷ややかな笑みも浮かべてみた。


おばさんが「ごめんねえ」と戻ってきたのは、一時間以上たってからだった。

手に提げたコンビニのレジ袋は三つ――ぜんぶ別々の店のものだった。

「だって、一軒のお店で三枚ももらうわけにはいかないでしょ」

おばさんというのは妙なところで律儀《りちぎ》に気をつかうものなのだ。

レジ袋はどれも空っぽだった。

「なにも買わなかったんですか？」

「ううん、それがねえ、小さなものを買ったら小さな袋しかくれないでしょ。だから、考えたのよ、カサがあって大きな袋に入れてもらえるんだけど、持って帰らなくてもすむようなもの」

中華まん――。

「最初の店で二つでしょ、次の店はおいしそうだったから三つでしょ、で、最後の店で二つ……」

思わず、樽《たる》のようなおなかに目をやった。

「ちょっとやだぁ、なにじろじろ見てんのよ、いやらしいわねえ」

そういう意味ではないのだが。

おばさんは買ったものをレジ袋に手早く詰《つ》めると、最後に小さなミカンを一つ、男に差し出した。「はい、これ、荷物番のお礼」と、顎《あご》が二重になったまるい顔で笑った。

その笑顔につられたように、男も笑い返してミカンを受け取った。

おばさんが立ち去ったあと、やれやれ、まいったなあ、ほんとになんなんだろうなあ、と首をかしげ、ため息をつきながら、ミカンの皮を剝き、まるごと頰張った。

ミカンは思いのほか冷たく、そして酸《す》っぱかった。最初は「ううっ」と顔をしかめてしまったが、嚙みしめていくと、ほんのりした甘さも口の中に広がった。

飲み込んで、ふーう、と息をついた。

おなかにものが入ったせいか、少しずつ体に力がよみがえってくるのがわかった。

帰ろうか。ぽつりとつぶやいて、そうだよな、帰ろうぜ、と自分に言った。

立ち上がる。歩きだす。ミカンの皮をゴミ箱に捨てるとき、上着のポケットから四つ折りにした便箋《びんせん》を取り出した。この世への別れの言葉が書かれた便箋を小さくちぎり、ミカンの皮に包み込んで、捨てた。

男はまた歩きだす。川面をぼんやりと眺め、歩きながら深呼吸をした。吐き出す息はもうため息にはならなかった。水上バスがやってくる。白い水鳥がいっせいに飛び立つ。

帰りにどこかでミカンを買っていこう、と決めた。

サンタ・エクスプレス

列車に乗り込むと、すぐにパパはなっちゃんの靴《くつ》を脱《ぬ》がせてくれた。

「新幹線は高いところを走ってるから、眺めがいいよなあ。海も見えるし、富士山もよーく見えるから」

なっちゃんの顔を覗き込んで、「楽しみだなあ、わくわくしちゃうなあ」と笑う。いつものことだった。もう慣れっこの、うんざりだった。だから、シートに座り込んだなっちゃんは、体ごと窓のほうに向け、窓枠《まどわく》に頬づえをついて、「いくときもみた」とそっけなく言った。

パパは少しがっかりした様子だったけど、そっか、そうだよな、とお芝居《しばい》の笑顔のままうなずいて、なっちゃんのダウンジャケットと自分のコートをフックに掛けながらつづけた。

「今度ママと会うときには、赤ちゃんがいるからな」

「……うん」

「どっちだろうなあ、弟かなあ、妹かなあ。なっちゃんは妹のほうがいいのか？」

「……どっちでもいい」

「ふたごだったりしたら、どうする？」

「……べつに」

「来週クリスマス会だなあ。劇のせりふ、もう覚えたのか？」

「おぼえた」

やれやれ、とパパはため息をついて、ホームの売店で買ったジュースをレジ袋から取り出した。

でも、それはなっちゃんだって同じだ。五歳のなっちゃんは、こういうときにはため息をつくんだというのを知らないからそうしないだけで、コツとタイミングさえ覚えれば、きっとパパに負けないぐらい深い、ふーう、というため息をつくだろう。

楽しいのに寂《さび》しい。

わくわくするのに、しょんぼりする。

どきどきしているはずなのに、べつにどうでもいいけど、と言いたい。

何度でも思いだしたいのに、さっさと忘れてしまいたいものがある。

新幹線に乗って名古屋から東京に帰るときは、いつもそうだ。

「なっちゃん、どうする？　ジュース、いますぐ飲むんだったら開けてやろうか？」

「どっちでもいい」

「じゃあ……開けるか、冷たいうちに飲んだほうがおいしいもんな。開けるぞ、よし、プシューッ……」

少し黙っていてほしいのに、パパは帰りの新幹線の中ではふだんよりずっとおしゃべりになる。これも、いつものことだった。

列車が走りだす。クリスマスの飾《かざ》りつけがあちこちに見える名古屋の街並みが、窓の外を滑《すべ》るように流れていく。

なっちゃんは窓におでこをつけて、詰まっていたハナをすすった。先週からちょっと風邪気味《ぎみ》だった。名古屋に連れて行ってもらえないかもしれない、とおといまでは心配でしかたなかった。昨日の朝、パパがおでこに手をあてて「だいじょうぶ、熱もないし、平気平気、行こう」と言ってくれたときには、ほっとした。名古屋でひさしぶりにママの顔を見ると、風邪のことなんてけろっと忘れた。でも、週末の一泊二日を名古屋で過ごして東京に帰るいまになって、もしもママに風邪がうつっていたらどうしよう、と急に心配になった。はちきれそうなほど大きくふくらんだママのおなかを思い浮かべて、赤ちゃんになにかあったらどうしよう、わたしのせいだってママに叱られたらどうしよう、と泣きそうになった。

そんなの知らないよ――。

窓におでこをごつんとぶつけて、心の中で言った。風邪がうつったほうが悪いんだよ、わたしのせいじゃないもん、と幼稚園でいちばん意地悪なアカネちゃんの言い方を真似してみた。せっかくじょうずに描けたお姫さまの絵をわざとめちゃくちゃに塗《ぬ》りつぶしてしまうように、わたしはべつに名古屋になんか行きたくなかったんだもん、無理やり連れてったのはパパなんだもん、と窓をおでこでぐりぐり押した。

「なっちゃん、ジュース、テーブルに置くぞ」

「うん……」

「イチゴ味のソーダってどんな味なんだろうなあ」

「イチゴのあじ」

そりゃそうだ、と苦笑したパパは、脚《あし》を組み替えながらこっそりため息をついて、売店で買ったスポーツ新聞を広げた。

パパとなっちゃんが東京と名古屋を往復するのは、これで六度目になる。月に二往復という計算だ。

最初に名古屋に出かけたときは、新幹線の三人がけの席に座った。窓際になっちゃん、通路側にパパ、そして真ん中の席にはママが、ふくらみの目立ちはじめたおなかにタオルケットを掛けて座っていた。九月——新幹線の車内には、まだ弱い冷房がかかっていた。

そのときの帰り道から、二人がけの席になった。ママは実家のある名古屋に残って、パパとなっちゃんは東京のわが家に戻った。ママの実家をタクシーで出たときから、なっちゃんは涙ぐんでいた。名古屋駅で列車に乗り込もうとしたら、ママのところに帰る、ママと一緒にいる、と激しく泣きだして、最後はホームにしゃがみ込んでしまった。パパに抱きかかえられて、発車間際の列車に乗り込んでからも、涙は止まらない。いったん泣きやんでも、ママのことをふと思いだすと、すぐにまた新しい涙が目からあふれ出てしまうのだ。

いまはもう、なっちゃんは泣かない。そのかわり、こんなふうにパパに背中を向けて、東京までの二時間、ずうっと窓の外を見つめるようになった。

出かけるまではだいじょうぶなのだ。月曜日から金曜日までは、毎日のように「こんどのにちようびは、なごやにいける?」「どようびも、おとまりできる?」とパパに訊く。パパの仕事の都合がついて名古屋に行くことが決まったら、ママの留守中に家事を手伝ってくれているパパのほうのおばあちゃんにまとわりついて、「なにをきていけばいい?」「おみやげ、なにがいいとおもう?」と口の休まるときがない。

名古屋でママに会っている間も、もちろん、元気いっぱいだった。大きなおなかを気づかってべたべた甘えることはなくても、「会うたびに、なっちゃんはおねえちゃんになってるね」とママに言ってもらうと、うれしくてしかたない。

帰り道だけ、なのだ。

新幹線が東京駅に着いてしまえば、あとは、ふだんのなっちゃんに戻る。おみやげのきしめんやういろうを持って、「おばあちゃん、ただいまーっ」と玄関のドアを勢いよく開ける。また新しい一週間が始まり、毎晩ママと長電話も欠かさない。

ほんとうに、帰り道だけ、なのだ。


パパは通りかかった車内販売のワゴンを呼び止めて、自分のためのホットコーヒーを頼んでから、なっちゃんを振り向いた。

「アイスとかお菓子買うか？」

黙《だま》っていてほしいのに。

知らん顔をして放っておいてほしいのに。

なっちゃんは窓ガラスにおでこをくっつけたまま、「いらない」と言った。


パパは、なっちゃんがまだなにも知らないと思い込んでいる。

ママのおなかにいる赤ちゃんのことだ。

ナイショにしているくせに、さっきのように、なにげなく——と、自分ではそのつもりで、ちらっと口に出したりする。

ママのおなかには弟もいるし、妹もいる。ふたごだ。東京のわが家で、おばあちゃんが電話で話しているのを立ち聞きして、わかった。でも、その電話の話は、あまり楽しいものではなかった。

万が一のこともあるから、とおばあちゃんは電話の相手に言っていた。心配そうな口調だった。心配する理由の細かいところはわからなかったし、「まんがいち」の言葉の意味も知らなかったが、なにかママが大変なことになっているんだというのは、なっちゃんにも察しがついた。確かに、弟や妹のいる幼稚園の友だちに訊いても、お母さんはみんな、赤ちゃんを産むまでウチにいてくれた。遠いふるさとに帰ってしまったのは、なっちゃんのママだけだったのだ。

実際、ママの体調は悪かった。もともと小柄で、体もじょうぶなほうではないので、二つの命をおなかに宿すことは負担が大きかった。妊娠初期には切迫流産《せっぱくりゅうざん》になったし、ひどいつわりにも苦しみ、体調をくずして寝込んでしまう日がつづいた。

家事やなっちゃんの世話をしながら、おなかの中で二人分の命を育《はぐく》むのは、母体にも胎児《たいじ》にも危険かもしれない――と両親が医師に言われたのは、八月の終わり頃だった。早産のおそれがある。もっと悪い事態に陥《おちい》ってしまうことだって、ないとは言えない。おばあちゃんが電話で言っていた「まんがいち」とは、そのことだった。

パパとママは二人で話し合って、名古屋で出産することに決めた。商売をしているママの両親は、東京に出てくることは難しくても、ママが帰ってくるのなら万全の態勢で迎えてくれるはずだ。

問題は、なっちゃんをどうするか、だった。

ママはなっちゃんも名古屋に連れて行くつもりだった。パパもそのほうがいいと思っていた。

ところが、「どうする?」とママに訊かれたなっちゃんは、うーん……と考え込んでしまった。ママと一緒にいたい。でも、秋から冬にかけての幼稚園は、たくさん行事がある。お月見会、遠足、運動会、いも掘り会、音楽会、移動動物園、そしてクリスマス会……。毎年楽しみにしている行事ばかりで、しかも、年長組のなっちゃんにとっては、今年が最後の行事ばかりだ。

ママと離ればなれになるのもいやだし、幼稚園をずっとお休みするのもいや——。

結局、なっちゃんは、おばあちゃんに助けてもらいながらパパと二人で東京に残って、ときどき名古屋にお見舞いに行くことになったのだ。

でも、もしかしたら、それは失敗だったかもしれない。

ママのおなかが大きくなるにつれて、なっちゃんは生まれてくる赤ちゃんのことが嫌いになってしまった。

赤ちゃんがいい子にしていないから、ママの具合が悪くなった。

「まんがいち」のことがあったら、赤ちゃんのせいだ。

赤ちゃんさえおなかにいなければ、毎日ずっとママと一緒にいられるのに。運動会のかけっこで一等をとったところも、移動動物園でウサギを抱っこしたところも、ママに見てもらえたのに。クリスマスのケーキも、今年はママと一緒に手作りするんだ、と夏のうちから楽しみにしていたのに。

しかも、赤ちゃんは二人もいる。ママのおなかの中にいれば、絶対に離ればなれになることはない。

もうすぐ赤ちゃんが生まれると、ママは赤ちゃんに夢中になるだろう。名古屋からしばらく帰ってこないかもしれないし、東京に帰ったあとも、赤ちゃんのことばかり気にかけて、なっちゃんをかまってくれないかもしれない。それとも、すでにいまも、ママはおなかの中の赤ちゃんにばかり話しかけて、なっちゃんのことは忘れそうになっているのだろうか。

なにしろ向こうは二人だ。二対一で、こっちの負け。ふたごだから、きっと二人は仲良しだ。大きくなってからも、いつも二人でくっついて、「おねえちゃんはあっちにいってて」「おねえちゃんにはナイショだから」と、なっちゃんを仲間はずれにしてしまうかもしれない。

東京にいるときには、そんなこと、なにも思わない。名古屋でママと会っているときにも、不思議なほどあっさりと忘れてしまう。でも、ママとお別れしたあとは、どんどん、どんどん、悲しくなる。

ヤだよ、ヤだよ、ヤだよったら、ヤだよ……。

新幹線のカタタタン、カタタタン、という音まで、そう聞こえてしまう。

泣きたい。わんわん声をあげて泣いてしまえば、ちょっとだけでも楽になれるかもしれない。

でも、そんなときにかぎって、パパはしみじみと言うのだ。

「なっちゃん、病院で看護師さんにちゃんとあいさつできたな。えらいえらい。おねえちゃんになったよ。ママもびっくりしてたし、パパもうれしいよ、ほんと」

なっちゃんは黙って、聞こえないふりをする。

名古屋駅を出た列車は、スピードに乗って十分ほど走ったところで減速《げんそく》を始めた。

車内アナウンスが、間もなく三河安城《みかわあんじょう》駅に着くことを告げる。

「あれ?」

なっちゃんは初めて自分から声を出し、初めてパパを振り向いた。

「みかわあんじょー、って?」

「名古屋の次の駅だよ」とパパは笑って答えた。

「だって……なんで、とちゅうでとまるの？」

「これ、『こだま』なんだよ。各駅停車だから、他にもまだたくさん駅に停まるんだ」

いつも乗っているのは、新横浜駅までノンストップの『のぞみ』だ。『こだま』だと家に帰るのが一時間以上も遅くなってしまう。

「とちゅうでおりるの？」

「いや、そういうわけじゃないんだけどな」

「じゃあ、なんで？」

それが――パパにもわからないのだ、じつは。

ママは無事に臨月《りんげつ》を迎え、先週から大事をとって大学病院に入院している。今日、お見舞いに訪ねたパパに、主治医《しゅじい》が説明してくれた。おなかの中の赤ちゃんは順調に育っているらしい。母体の健康状態も良好。年明け早々には家族がいっぺんに二人も増えるはずだ。

安心して病室に戻って「そろそろ帰るよ」と言うパパに、ママは新幹線の座席指定の予約番号を書いたメモを渡した。

「電話で予約したから、駅で受け取って」

「……どうしたんだ？」

そんなことは初めてだった。

「たまにはわたしも役に立とうと思って」

照れくさそうに笑うママに、パパは申し訳なさそうに言った。

「悪いけど、これ、『こだま』だよなあ……」

「そうよ」とママはすまし顔でうなずく。

「時間かかっちゃうからなあ、『のぞみ』と違って」

「早く帰りたい？」

「うん……まあ……」

おばあちゃんが待っている。名古屋から帰ってくる日の晩ごはんは、いつもなっちゃんの好物ばかり並ぶ。それになにより、新幹線の中でじっと押し黙るなっちゃんの背中を思い浮かべると、せつなくてたまらなくなる。新幹線に乗る時間が一時間長くなれば、そのぶんなっちゃんの沈黙も長くなってしまうのだから。

でも、ママは意外なほどきっぱりとした声で、「せっかく電話して予約したんだから、これに乗って帰ってよ」と言った。「いいじゃない、たまにはのんびり帰るのも」

「うん……」

「いい？　キャンセルなんてしちゃダメだからね」

最後に念を押して、ママは「そういうことで、ちょっと早いけどメリー・クリスマス」と――まるで、「あとは仕掛けをご覧《ろう》じろ」と含み笑いをする魔法使いのように、うふふっ、と笑った。

列車が三河安城駅のホームに滑り込む。

パパは、でもなあ、やっぱりなあ、と携帯電話を取り出した。もしもなっちゃんが「早く帰りたい」と言うのならせめて途中で『ひかり』に乗り換えよう、と携帯電話で時刻表を調べかけた、そのとき――。

「ねえ、パパ……サンタさん」

なっちゃんが言った。

「はあ？」

「トナカイさんも、ホームにいるよ」

驚いて顔を上げると、ほんとうだ、停車する寸前《すんぜん》の窓の外、ちょうど二人の乗っている車両の前に、サンタクロースと着ぐるみのトナカイが立っていた。

「なんでこんなところにいるの？」

「さあ……」

「パパ、のってくるよ。なかにはいってくるよ」

なっちゃんは外を見ていた目を、客室のドアのほうに向けた。自動ドアが開く。トナカイがリボンをつけた箱を抱いて入ってきた。サンタも入ってきた。車内はがら空《あ》きに近かったが、数少ない乗客から声にならないざわめきがあがった。

サンタもトナカイも、なんとなく照れくさそうだった。

もちろん、どちらもホンモノではない。サンタは若い男のひと、トナカイは若い女のひと——売れない劇団のアルバイトといった様子だ。

チケットを手にしたサンタが、あ、ここだここだ、となっちゃんたちのすぐ前の席に座った。トナカイも、ちらりと二人を見てから、サンタの隣に座る。

列車が走りだしても、なっちゃんは窓の外には目をやらなかった。ぽかんとした顔で、シートの上にはみ出しているトナカイのツノとサンタの赤い帽子を見つめ、パパと目が合うと、すごいねすごいね、と小声で言う。

トナカイが不意に立ち上がって、なっちゃんとパパを振り向いた。

「すみません、席、向かい合わせにしてもいいですか？」

つづけてサンタも立ち上がって「なっちゃん、だよね？」となっちゃんに声をかけた。

呆然《ぼうぜん》とする二人をよそに、サンタとトナカイは、よいしょ、よいしょ、とシートを回転させて、向かい合わせに座り直した。

サンタはにこにこしている。トナカイもにこにこしている。その笑顔につられたように、なっちゃんも笑った。

「メリー、クリスマス!」

トナカイが言った。

「メリー、クリスマス、なっちゃん!」

サンタはそう言って、トナカイから受け取った箱をなっちゃんに手渡した。

なっちゃんが箱から取り出したプレゼントは、白と黒でペアになったブタさんのぬいぐるみだった。

それを見たとき——すべてが、わかった。

ベッドでVサインをつくって笑うママの顔が、ふわっと浮かんで、ゆらゆらと揺れそうになった。


サンタとトナカイは、次の豊橋《とよはし》駅で下車した。サンタさんに抱っこされたりトナカイさんのツノをつついたり、はしゃぎどおしだったなっちゃんは、「もうおりちゃうの?」と寂しそうな顔になった。ぐずってしまうかとパパは一瞬ひやっとしたが、それは無用の心配だった。「ごめんね」と謝《あやま》りながら席を立った二人に「ありがとう! バイバイ!」と笑って手を振ったなっちゃんは、またひとつ「おねえちゃん」になってくれたようだ。

「ちょっと、パパ、送ってくるよ」とパパは二人を追いかけて、デッキで礼を言った。

やはり二人は地元の演劇サークルのメンバーだった。

「こういう仕事は初めてだったんですけど」とトナカイが苦笑交じりに言うと、サンタが「でも、いい仕事でした」と白い付けヒゲを撫《な》でながら笑った。

二人が降りても、列車はホームに停まったままだった。通過する『のぞみ』の待ち合わせで、五分近く停車するらしい。

東京まで先は長いなあ、やっぱり途中で乗り換えだな、と考えながら席に戻ったパパを待ちわびていたように、なっちゃんは「パパ、これ」と窓の外を指差した。

シールが貼《は》ってあった。

真っ白なシール――トナカイのソリに乗ったサンタクロース。

「さっき、サンタさんがはっていったの」

「外から……だよな」

「そう。バイバイってしながら、はってくれたの」

サンタとトナカイが、お別れにサービスしてくれたのだろう。

「ね、こういうところにシールはったらいけないんだよね？」

「ほんとだよなあ……」

パパは苦笑交じりにうなずいた。今度、長い時間停車する駅に着いたら、すぐにホームに出て、はがさないと。

それでも、シールを見つめてにこにこするなっちゃんの横顔を見ていると、パパも、まあいいか、東京駅までこのままで、と思い直した。

列車が走りだす。

サンタを乗せたトナカイのソリも、走りだす。

「ね、パパ、パパ、きいてきいて」

なっちゃんはパパに向き直ると、勢い込んでしゃべりはじめた。

もうすぐわが家にやってくる新しい家族のことを、うれしそうに、楽しそうに話す。ママが赤ちゃんを連れて東京に帰ってきたら、大パーティーを開くこと。指切りげんまんをして約束させられたパパは、困った顔で、でも、サイコーの笑顔でうなずいた。

それでねえ、あとねえ、わたしねえ……。

ペアのブタさんをぎゅっと抱きしめたなっちゃんのおしゃべりは、まだまだつづく。

『こだま』はゆっくりと東京へ向かう。

シールのサンタが、なっちゃんをそっと振り向いて、笑った。

パパは「え?」と目をまるくしたが、サンタはすぐに顔の向きを戻したので、なっちゃんは気づかなかった。

「どうしたの？」

きょとんとした顔で訊くなっちゃんに、パパは、ははっと笑って、「なんでもない」と言った。

ネコはコタツで

インターネットで注文した喪中欠礼《もちゅうけつれい》のハガキが、十一月半ばに業者から届いた。

お決まりの文句の中にはめこまれた〈亡父　一雄《かずお》〉の文字を目にした直紀《なおき》は、俺もとうとうこのハガキを使う歳になったのか、と感慨深そうにうなずいた。親父さんを亡くした悲しみをあらたにする、というほどのなまなましさはない。むしろ、これで一人息子としてのけじめがついたような気もした。

「かえって、楽かもしれないいな」

「なにが？」と妻の香澄《かすみ》が訊く。

「年賀状だとデザインに凝《こ》りたくなるし、宛名《あてな》ぐらいは直筆《じきひつ》にしないと失礼だとか、なにか一言メッセージを添えたいとか、いろいろ考えなきゃいけないけど、喪中ハガキは凝りようがないだろ。迷わずにすんで楽でいいよ」

淡々とした文面が、いっそ潔い。

薄墨一色の印刷にも、侘《わ》び寂《さ》びに通じそうな引き算の美学がある。

差出人の自分の名前も、ふつうの年賀状に記されたものより、字面がピンと引き締まっているように見える。

「悪くないよ、たまにはこういうのも」

直紀は言った。

「ちょっと、やめてよ、まだこっちはお父さんもお母さんもいるんだし」

香澄は眉をひそめ、「それに、お義母《かあ》さんだって……」とため息をついた。

「冗談だよ、冗談」

さすがにシャレにならなかったか、と直紀は苦笑して、手に持ったハガキをあらためて見つめた。ゆるんでいた頰が自然としぼむ。冗談に紛らわせないとやっていけないよな、と本音を嚙みしめる。

その横顔をちらりと見た香澄は、「お義母さんもそういうハガキつくったの？」と訊いてきた。

「そりゃあつくるだろ。つくらなきゃしょうがないんだから」

「一人で宛名を書くのって、キツいだろうね」

「そんなに枚数ないから平気だよ。ほかにやることもないんだし、時間だけはたくさんあるんだから」

「そういう意味じゃなくて……」

わかっている。

ふるさとの実家で一人暮らしをするおふくろさんの姿を、なるべくはっきりとは思い浮かべたくなかっただけのことだ。

だが、香澄は逆に、目をそらさないでよ、と言いたげに話をつづける。

「柿も栗も、今年は送って来なかったね」

「しかたないさ。へたにおふくろ一人で山に入られたら、かえって心配だよ」

「虫食いも多かったし、形もそんなに良くなかったけど、美味しかったよね」

「ああ……」

「干し柿も今年はつくらないって言ってたんでしょ、お義母さん」

直紀は黙ってうなずいた。おふくろさんの言葉は、正確には「今年は」ではなく「今年からは」だったのだが、細かいところはまあいいや、と受け流した。

「あと、お餅も……お義父《とう》さんがいないと無理だろうね」

「親父が家のことを手伝うのって、餅つきだけだったからな」

さすがに臼《うす》と杵《きね》というわけではなくても、餅米を蒸すところから始める手作りの丸餅だ。セイロで蒸し上げた餅米を餅つき機に移すのは力仕事だし、つきあがった熱々のお餅を台に移すのにも力がいる。去年までは、それはぜんぶ親父さんの仕事だった。大きなお餅のかたまりをおふくろさんがちぎって、親父さんが餅取り粉をまぶした手のひらで揉《も》み込んで、丸餅をつくる。決して器用ではない親父さんが揉み込む餅は、なかなかきれいな形にはならなかったが、食べると腰と伸びがあって美味い。「お父ちゃんは手のひらが大きいけん、おいしいお餅になるんよ」と、親父さん本人よりもむしろおふくろさんのほうが得意げに言っていたものだ。

「お正月の楽しみが一つ減っちゃったね」

「買えばいいよ。そっちのほうが美味いって」

そうじゃなくて、と言いかけた香澄から目をそらした。

「……わかってるよ、ぜんぶ」

香澄はもうなにも言わなかった。


親父さんが亡くなったのは一月だった。

享年《きようねん》七十八。あっけなく逝《い》った。

今年の正月にはカクシャクとして日本酒を冷やで飲《や》りながら、民放の正月番組を「やかましいだけでつまらんのう、こげなもんのどこが面白《おもしれ》えんか」とさんざんこきおろしていたのに、正月明けから急に体調が悪いと言いだして、数日もたたないうちに脳溢血《のういつけつ》で倒れ、その日のうちに亡くなった。

長患《ながわずら》いをしないですんでよかったんだ、と親戚は言う。病院が嫌いだった親父さんにとっても、看病するおふくろさんにとっても――慰めるように言ってくれる。

実際、親父さんは元気だった頃の面影をのこしたまま、最期は眠るように安らかに息を引き取った。おふくろさんも悲しみにくれるというより、あっけにとられたように連れ合いを看取った。

あと十年早ければ、直紀はひどくショックを受けていただろう。たくさんの後悔が次から次へと胸に湧き上がってきただろうし、心残りがたくさんあったはずの親父さんの無念を思うと、涙が止まらなくなったはずだ。

だが、年老いた親を故郷に残して都会暮らしをする子どもには、自然と覚悟が備わってくる。直紀も、親父さんとおふくろさんがそろって七十を超え、自分も四十代半ばにさしかかった頃から、「いつなにがあってもしかたないんだ」と考えるようになっていた。親が亡くなることだけではなく、さらに年老いて介護が必要になったり、あるいは認知症を発症したり……ということも、ずっと頭の片隅に置いて、東京での生活をつづけてきた。

「親父が認知症で寝たきりになって、おふくろが先に死ぬっていうのが、いちばんヤバいパターンかな」

よく香澄に言っていた。香澄に「なに言ってるの」と叱られるのを半分期待した冗談だが、もちろん――本音でもあった。

　それを思うと、親父さんの死に方や、両親の逝く順番は、理想的……と言うと、また香澄に嫌な顔をされてしまうのだが、少なくとも、直紀が東京で途方に暮れてしまうようなことはなかった。

　さすがにこれは口に出せなくとも、親父さんが一命をとりとめる代わりに重い機能障害が残ってしまっていたら、間違いなく、そっちのほうが困っていただろう。

「ちょっと冷たくない？　身勝手だし、お義父さんもお義母さんもかわいそうな気がするけど……」

　香澄の言うことは正しい。だが、実家が日帰りできる距離にあるからこその正論だ、という気もする。ふるさとを遠く離れて暮らす一人息子には一人息子の正論がある。

「おふくろと介護士さんにぜんぶ任せきりにできるか？　知らん顔して東京で生活できるか？　おふくろまで病気になったらどうする？　田舎に帰ってきてくれって泣きながら頼まれたら、おまえ、嫌です、って言えるか？」

　香澄はなにも答えられず、黙り込むしかないだろう。

「な？　そういうものなんだよ、現実って」

　直紀は最後に諭《さと》すように言って、もうその話をやめてしまうだろう。

　けれど、しばらくは胸に嫌な思いが残ってしまうだろう。

　その重苦しさを味わいたくないから――。

「まあ、いちばんの理想を言えばさ、親父とおふくろが車に乗ってるときに事故でくたばってくれれば、いろんなことがいっぺんにすむし、保険金も入るんだけどな」

笑えない冗談を繰り返すしかなかった。

実際の親父さんの死に方は、理想の順でいけば何番目になるのだろう。そんなことも、いま、ふと思う。

あまりにも急だった親父さんの死の悲しみは、ワンテンポ遅れておふくろさんを襲った。

臨終から初七日あたりまでは気丈にふるまっていた。もともと親戚や近所でもしっかり者で通っていたひとだ。ずっと実家に泊まり込んで、喪主のおふくろさんの名代《みょうだい》をつとめていた直紀も、これならだいじょうぶだな、と安心して東京に帰ったのだ。

ところが、ひと月あまりたった四十九日の法要のときには、香澄が「ねえ、お義母さん、どこか具合が悪いんじゃないの？」と耳打ちするほど、おふくろさんはめっきり老け込んでいた。初盆のときには同じことを子どもたちにも言われたし、秋の彼岸に仕事をやりくりして帰省したときには、親戚からも「お母ちゃんのこと、よう見てあげんといけんよ」と釘を刺された。

体のほうは血圧が少し高い程度で、特に問題はない。とっさに案じた認知症も、歳相応の物忘れや話のくどさがあるぐらいだった。

ただ、元気がなくなった。あまり笑わなくなったし、口数も減った。身の回りのものをこまごま片づけたり手作りしたりするのが好きだったのに、今年はジャムも梅酒もつくらなかった。力仕事を厭《いと》わない親父さんがいなくなったために、山菜もタケノコもビワも自然薯《じねんじょ》もキノコも、今年は一度も東京に送ってこなかった。

十二月——。

去年までならこの時季に白菜や大根の漬け物がどっさり届くのだが、今年はまだ、半月すぎても音沙汰がない。

「いろんなことが億劫《おっくう》になってきてるんだろうなあ、おふくろも」

「お義父さんが亡くなったのが、じわじわと寂しくなってきてるのよ」

「親父が生きてた頃は、そんなにおしどり夫婦ってわけじゃなかったんだけどな」

「まあ、ね……」

農家の跡取り息子だった親父さんは、昔気質《むかしかたぎ》の亭主関白のひとでもあった。舅《しゅうと》も姑《しゅうとめ》もいた。じいさんは直紀が高校生の頃に亡くなったが、ばあさんのほうは、ひ孫の小学校入学まで見届けて、八十九歳の天寿をまっとうした。小姑《こじゅうと》も多かった。うるさ型の親戚もいたし、出しゃばりなご近所さんもいた。気苦労は多かっただろう。寂しい思いをすることもしばしばだったはずだ。

「最後の何年かは、お義父さんもだいぶまるくなってたじゃない」

「昔に比べればな」

今年の正月も、親父さんは亭主関白ぶりを発揮した。元旦早々、おふくろさんが火加減をしくじって皺《しわ》くちゃに煮上がった黒豆を見るなり、「こりゃあ失敗じゃがな」と眉をひそめ、ぷい、と顔をそむけてしまったのだ。

ひどい態度だ。さすがにことを荒立てはしなかったものの、直紀は大いに憤慨《ふんがい》したものだが、その十日後には親父は世を去ってしまったんだと思うと、諸行無常《しょぎょうむじょう》をしみじみ実感してしまう。

「でも、わたしたちが田舎に帰るのって年に一、二回しかないけど、お義父さんとはずっと二人きりなんだから、やっぱり夫婦ならではの空気ってあるでしょ」

それは、なんとなくわかる。

そういう空気を俺たちもつくりたいよな——と、照れくさくて言わないが、いつも思っている。

「二人暮らしが一人になっちゃうんだから、やっぱり寂しいわよ。話す相手がいないってことだもん。あなたとも、お義父さんが亡くなってからは、意外とゆっくり話してないんじゃない？」

確かにそうだった。

今年は帰省する機会が多かったが、すべて親父さんの法事や供養がらみで、遠くから来た親戚が泊まったり、近所のひとが出たり入ったりして、ばたばたと落ち着かないまま東京にひきあげた。

そのあわただしさが、直紀にとっては救いでもあった。

これからのこと——いつかはおふくろさんときちんと話し合わなければならない、その問題から逃げていられた。

「お正月、ほんとうに帰らなくていいの？」

「うん……どうせすぐに一周忌で帰らなきゃいけないんだし、とにかく今年は喪中なんだから、お正月は関係ないよ」

この年末年始は東京のわが家も忙しい。二人の子どもが、それぞれ大学受験と高校受験を控えているのだ。

そのかわり、おふくろさんを東京によぼう、と思っていた。身勝手で冷たい上京組の一人息子でも、それくらいの優しさはあるつもりだ。これからのこと——東京のわが家でおふくろさんと同居をするのが、直紀にとっても家族にとっても、いちばんありがたいのだし。

香澄も賛成してくれたので、十二月に入ってすぐに電話で誘ってみたのだ。

だが、肝心のおふくろさんが乗ってこなかった。

「仏壇の世話もあるけん、うちはここでええよ」

「田舎におっても、わしらは正月には帰れんよ。一人で正月してもしかたなかろ?」

ふるさとの方言で、少し強く言った。

親父さんが生きていれば「なにを言うとるんじゃ、長男が正月に帰ってこんでどげんするんか!」と一喝されるところだが、おふくろさんはあっさりと、直紀が拍子抜けするほど軽く、「ええよ」と言った。

「今年はお父ちゃんのことで香澄さんらにもなんべんも帰ってもろうたけん、正月ぐらいは東京で水入らずで休みんさい」

「……お母ちゃんは? 一人でええん?」

「かまわんよ。ふだんから一人なんやし」

「東京に来ればええがな」

「田舎でええんよ、お母ちゃんは」

「迎えに行ってあげるけん」

「ほんまにええって。ありがとうなあ、気持ちだけ大事にもろうとくけん」

すねたり依怙地《いこじ》になったりしているわけではない。おふくろさんの声は、さばさばしていた。だが、上京する気力をなくして、すべてをあきらめているようにも聞こえてしまうのだ。

結局、「気持ちが変わったらいつでも電話してくれればいいから」とだけ言って、もどかしさを背負ったまま電話を切った。

そのもどかしさは、ときどき不安に形を変えながら、いまもつづいている。

「気になるんだったら、もう一回誘ってみれば？」

香澄にうながされると、逆に、「いいよいいよ、もう」と無理して笑ってしまう。

「今年はおふくろも疲れたと思うから、田舎でのんびりしたほうがいいだろ」

「でも……」

「いいんだ、もう」

「あなただけでも帰ってあげるとか」

直紀は黙って苦笑する。

「でも、いつまでも先送りはできないよね」

直紀は今度もまた、黙って苦笑するだけだった。

ふるさとからの宅配便が届いたのは、大晦日《おおみそか》の夕方だった。

〈遅くなってすみません。一人でついたのでうまくできたかどうかわかりませんが、よかったら皆さんでお正月に食べてください〉

おふくろさんの短い手紙と一緒に入っていたのは、段ボールのミカン箱にぎっしり詰まった丸餅だった。

今年は無理だろう、とあきらめていた。

今年からずっと無理なのだろう、とも思っていた。

「一人でがんばったんだね、お義母さん」

「重いんだよ、セイロの餅米。あと、つきあがったお餅は、熱いし、重いし、すぐに台に移さないとどんどん垂《た》れちゃって……」

親戚か近所の若い衆に手伝ってもらってもよかったのだ。

今年の正月は年始客もないのだから、自分のぶんはどこかの家でついたのを分けてもらえばすむはずなのだ。

こっちは昨日、スーパーマーケットで真空パックの角餅を買っていたのだ。

七十八歳になった一人暮らしのおばあさんが「今年は餅をつくのをやめたけん」と言って、文句をつけるひとなどどこにもいないはずなのだ——いたら俺が殴《なぐ》ってやる、と直紀は一人で力《りき》んで、こっそり拳《こぶし》を固めた。

「けっこう数があるわよ。去年よりも多いかも」

「しょうがないなあ、なに張り切ってるんだろうなあ」

わざとあきれ顔で笑った。

「ねえ、佐藤さんのところはどうする?」

毎年、お餅を隣の佐藤さんにお裾分《すそわ》けしている。奥さんが兵庫県の出身なので、東京ではあまり手に入らない丸餅を喜んでくれるのだ。

「たくさんあるんだったら、ちょっと多めにあげればいいんじゃないか？」

どうせ三が日では食べきれないのだ。

毎年「正月はそっちでお雑煮食べるんだから、東京にはそんなに送ってこなくていいよ」と言うのに、ミカン箱にぎっしり詰めて送ってくる。親父さんが「ぎょうさん入れてやれ」と言うのか、おふくろさんがどんどん詰め込むのか、どっちにしても、そういうところが田舎で——親なのだ。

「でも……いいの？」

「うん？」

「今年は佐藤さんのところは、なしでもいいんじゃない？」

「ケチケチするなよ」

「そうじゃなくて……考えてみれば、お義父さんのお餅を食べたのって、今年が最後だったのよね。まさかあんなに早く亡くなるとは思わなかったから……だったら、もっと味わって、大切に食べとけばよかったと思って……」

ああそうか、そういうことか、と直紀にも話がやっと呑み込めた。

その瞬間、胸が急に締めつけられた。

おふくろさんのついたお餅を来年も食べられるかどうかは、誰にもわからない。

黙り込んだ直紀に、香澄はあわてて「ごめん、縁起でもないこと言っちゃって」と謝った。

直紀は笑って首を横に振り、「ぜんぶウチで食べよう」と言った。

「でしょ？ そのほうがいいわよ」

「だよな……」

「まあ、でも、それにしても数が多いけど」

香澄は冷蔵庫のフリーザーのドアを開け、冷凍食品を入れ直した。食べきれないお餅を冷凍しておくスペースをつくらなければいけない。そして、フリーザーに入りきらないお餅は、カビのこないうちに食べきってしまわなければ。

「元旦はあなたの田舎のお雑煮で、二日は関東風でいいでしょ」

「うん……」

直紀の田舎のお雑煮は、茹《ゆ》でた丸餅の味噌仕立て。東京に生まれ育った香澄は、四角い切り餅を焼いて醤油《しょうゆ》の出汁《だし》を張る関東風のお雑煮をずっと食べてきた。それで、元旦は味噌仕立てで、二日は関東風ということになる。といっても、お餅が丸いので純然たる関東風というわけではなく、ときどき、それを申し訳ないなあと思う。

「今年はお雑煮の種類増やしてみる？ なにか知ってるお雑煮ってないの？」

「いや、でも、俺は結婚前はずーっと田舎で味噌のお雑煮だったし……」

答えかけて、ふと気づいた。

「おふくろの実家は、『すまし』だったな」

「そうなの？」

「うん、向こうのおばあちゃんが生きてる頃、正月の三日とか四日におふくろの田舎に里帰りして、そこで食べてたんだ」

丸餅を茹でて、すまし汁に入れる。具は赤貝や百合根や、塩ブリの切り身も入っていたと思う、たしか。

「おばあちゃんが亡くなってからは、もう正月に里帰りすることもなかったから、味噌のお雑煮ばっかりだったけどな」

「おいしそうだけど……ちょっと難しいかもね、塩ブリなんてないもん、東京には」

新作雑煮の話は結局それで終わって、香澄は、明日の朝のお雑煮に入れるお餅の数を尋《たず》ねてきた。

「去年は四つ食べてたけど、どうする？」

「じゃあ、今年は三つでいいかな」

「だめよ、元旦ぐらいしっかり食べて。お義母さんがせっかく送ってくれたんだから」

ふだんはメタボ対策に口うるさい香澄が、まっすぐに、にらむように直紀を見つめて言う。

直紀は小さくうなずいて、「太っても知らないぞ」と笑った。

そんなわけで、元旦のお雑煮は、去年と同じように二杯食べた。四つのお餅も、きちんと食べた。

だが――。

「俺、ほんとに四つ食ったのか？」

首をかしげながら訊くと、香澄は「どうしたの？　だいじょうぶ？」と笑いながら、お餅を茹でた鍋をおたまですくって確かめて、「もう残ってないから、みんな自分のぶんは食べてるわよ」と言った。

すると、息子が「えーっ？　俺もぜんぶ食ったの？」と意外そうな顔で振り向いた。

「なに言ってんの、六つも食べたでしょ」

「でも、なんか、まだ食えそう」

直紀も横から「そうなんだよ」と言った。「あんまり腹一杯になった感じしないんだよなあ」

さらに、去年は三つ食べたお餅を、ダイエットだのなんだのと理由をつけて二つしか食べなかった娘まで、「お代わりしようかなあ」と言い出した。

「じゃあ、もうちょっと茹でようか。お母さんもちょっと足りない感じしてたから」

香澄はそう言って、ベランダに出してあった段ボール箱から追加のお餅を取り出して
――「あ、そうか」と声をあげた。

「どうした？」

追いかけてベランダに出た直紀に、香澄は手に持ったお餅を差し出した。

「ほら、見て」

「……うん？」

「ちっちゃいのよ、お餅が。去年よりちっちゃくなってるから、だから送ってきた数も多かったし、同じ数を食べてもおなか一杯にならなかったのよ」

「って、どういうことなんだ、それ」

「だから……お義母さんの手、お義父さんより小さいから。小さい手で丸めるから、お餅も小さくなったの」

直紀は黙って、お餅を受け取った。

手のひらにすっぽり入る大きさのお餅が――おふくろさんの手のひらだった。

うん、うん、と二度うなずいた。

いまはもう思い出の中の食べ物になってしまった、親父さんが丸めた大きなお餅も思い浮かべて、うん、うん、と同じようにうなずいた。

お餅を見つめたまま黙り込んだ直紀に、香澄は言った。

「やっぱり、一泊でもいいから、田舎に帰ってあげれば?」

「……午後の飛行機でも、いいかな」

香澄はおどけたすまし顔をして、「どうぞぉ」と歌うように言った。

空港から借りたレンタカーでふるさとの町に着いたときには、もう陽はとっぷりと暮れ落ちていた。

人口が減る一方の寂《さび》れた農村だ。商店街もなく、家々の明かりは、山のふところに抱かれるように、ぽつん、ぽつん、と灯っているだけだった。

その中の一つに、おふくろさんが待つ実家がある。広すぎる古い家の、ほとんどの部屋の明かりを消したまま、今夜もボリュームを上げてテレビを観ているのだろう。

東京のわが家を発《た》つ前に電話を入れておいた。突然の帰省におふくろさんは「どないしたん?」と驚いていた。「お年玉、俺の顔でいいかな」と言っても、ちょっとヒネりすぎたせいか、「顔だけ帰ってくるん?」とワケのわからないことを言っていた。

厄介な話はしない、と決めていた。これからのこと——もしもその話題になったら、うたた寝のふりをしてしまうかもしれない。ずるい一人息子だと、親父さんとご先祖さまが束になって怒るだろうか。いつまでも先送りしてはいられないんだぞ、と自分でもわかっている。わかっているけれど……すんません、とりあえず今日はお母ちゃんの顔だけ見ますけん、とご先祖さまに詫びて、そげん怒らんといて、と親父さんに謝った。

家に入る。古い農家ならではの、土間を兼ねた広い玄関に立つと、台所のほうから醤油がかすかに焦げた、いいにおいがする。おなかよりも胸に染みてくる、あたたかなにおいだった。

思わず頬がゆるみかけたが、笑顔になる前にしぼんだ。

玄関から突き当たりの台所に向かう廊下を覗き込むと、両側の障子《しょうじ》がぼろぼろだった。大きな穴がいくつも空いている。年末に張り替えなかったのだろう。時間がなかったのか。障子をはずして紙を貼るのは年老いたおふくろさん一人では無理だったのだろうか。それとも、体力よりも、むしろお正月をすっきりと迎えようという気力のほうが、萎《な》えてしまったのだろうか……。

ため息を呑み込んだ。あらたまった客などめったに来ない静かな暮らしでも、そういうところは人並み以上にきちんとしているひとだったのに。

一人暮らしは、もう限界なのかもしれない。

そして、おふくろさんが、慣れ親しんだ田舎暮らしを捨てて東京に来ることも、たぶんないだろう。

といって、直紀にも、東京の生活にケリをつけて帰郷するつもりはない。

結局、出口なしの話になってしまうだけなのだ。

ため息をまた呑み込み、台所にひとの気配がするのを確かめてから、「帰ったよ」と声をかけた。

返事はない。親父さんが亡くなってから、耳のほうもずいぶん遠くなっている。

「ただいまぁ！」

声を張り上げた。

はいはーい、と台所の磨《す》りガラス越しにおふくろさんが応える。

それと同時に――。

障子の穴から茶色いネコが廊下に飛び出してきた。

サーカスの火の輪くぐりのような勢いで中空を跳び、廊下に着地して、直紀を振り向いて、じっと見つめる。目つきの悪いネコだった。顔つきもふてぶてしい。

野良ネコが入り込んだんだ、と思った。

「こらっ！」

怒鳴っても、ネコはひるむこともなく直紀に尻を向け、悠々とした足取りで、尻尾を軽く振りながら、廊下を台所に進む。

磨りガラスの引き戸が開いた。

おふくろさんが廊下に姿を見せると、ネコはたちまち甘えた声を出して、おふくろさんの足元にすり寄っていった。

おふくろさんも、「はいはいはい、もうちいと待っとってねえ、もうすぐごはんにしてあげるけんねえ」と、孫を――いや、ひ孫をあやすような優しい声をかけ、スウェットのズボンにまとわりつくネコを両手で抱きあげて、胸に抱き寄せた。

「ああ、直ちゃん、よう来てくれたんなあ」

いまやっと直紀に気づいたように言って、「あけましておめでとさん」と上機嫌に笑いながら新年の挨拶をする。

「……どないしたん、お母ちゃん」

直紀は玄関のたたきに立ち尽くしたまま、動けない。

「なにが？」

「このネコ……野良ネコと違うん？」

「この前まではな」

「いまは？」

「ウチのお父ちゃん」

な–、お父ちゃーん、とネコを顔の高さに持ち上げて、頰ずりをした。

お父ちゃん――？

ネコも嫌がるそぶりを見せず、それどころか喉をゴロゴロ鳴らしながら、サクラの花びらのような小さな舌でおふくろさんの頬をなめる。

「お母ちゃん……」

「うん？」

「あの……なんちゅうか……その、どげん言うたらええかわからんけど……」

ためらいながら、訊いた。

「最近、熱があるとか、ヘンなものがちらちら見えるとか……だいじょうぶ？」

一瞬きょとんとしたおふくろさんは、すぐに直紀の言わんとすることを察して、「アホなこと言いなさんな、お母ちゃん、しゃんとしとるよ！」と怒りだした。

ネコまで一緒になって、ふーっ、ふーっ、と威嚇《いかく》の声をあげながら直紀をにらみつける。

直紀は、ただ呆然とするしかなかった。

それでも、一つだけ、わかった。

おふくろさんはすっかり元気になっていた。


ネコは十二月の半ば過ぎに、ふらりと迷い込んできたのだという。

最初は家の外をちょろちょろするだけだったが、おふくろさんが気まぐれで「おいでおいで」をすると、まるで古くからの飼いネコのように寄ってきた。

「そうなると、こっちも情が移るけん。もう追っ払えんようになってしもうて、いまは夜も一緒に寝とるんよ」

「名前も『お父ちゃん』にしといたら、この家には男がおるみたいや、いうて泥棒除《よ》けにもなるやろ。それに、なんやかんやいうて、五十年以上呼んできた名前やし、やっぱり呼ぶ相手がおるだけでも気分が晴れるもんやなあ」

「まあ、イタズラさんやけど、バタバタしとるだけでも張り合いになるんよ」

「お父ちゃん、お父ちゃん、お父ちゃん……って、人間のお父ちゃんが生きとった頃よりも、いまのほうがよっぽどたくさん呼んどるよ。一月からずうっと、呼びとうても呼べんかったやろ？　そのぶんも、いまは用もないのに呼んどるけん、知らんひとが聞いたら、ここの夫婦はえらい仲良しさんやなあ思うん違うかなあ」

台所と茶の間を何度も往復して酒や夕食の皿を並べながらの、切れ切れの説明だったが、最後におふくろさんがお雑煮の椀を持って茶の間に入ってきた頃には、直紀にもだいたいのいきさつはわかった。

「お雑煮、食べるじゃろ？　お酒のアテにもなるけん、このお雑煮は」

食卓に二椀並んだお雑煮は、どちらも「すまし」のお雑煮だった。

「なんだ、味噌にしなかったの？」

「お父ちゃんもおらんけん、今年はお母ちゃんの流儀でやらしてもろうとるんよ」

「ええの？」

「ええもなんも、もう、ここはお母ちゃんの家なんじゃもん。おじいちゃんもおばあちゃんもお父ちゃんもおらんのじゃけん、お母ちゃんの天下」

うふふっ、と笑う。「うるさいのがおらんようになると、気が楽でええわ」と仏壇に目をやって、また、うふふっ、と笑う。

直紀はどう答えていいかわからず、お雑煮に箸《はし》を伸ばした。ひさしぶりに食べる「すまし」のお雑煮は、薄味に仕立てているせいか、なんだかぼんやりとした味だった。

おふくろさんは「お代わりあるけんね、たくさん食べんさいよ」と言って、自分のお雑煮を箸の先でつつくように、少しずつ食べていった。

ほんとうに元気になった。明るくなったし、よくしゃべるようにもなったし、少し若返ったようにさえ見える。

ネコのおかげ——なのだろうか。

「お父ちゃん」はコタツの一辺を独り占めして、コタツ布団越しの温もりが心地よいのか、ぺたんと腹ばいになって胸の毛づくろいをしている。

野良ネコというのはもうちょっと警戒心が強いはずだが、すっかりくつろいでいる。さっきはおせち料理のカマボコまでおふくろさんにもらって、美味そうに食べていた。畳や襖《ふすま》は爪研ぎの傷だらけになっている。これは一周忌の法要のあとは客を上げられないなあ、と思うそばから、「お父ちゃん」は茶だんすの上に登って、棚に飾ってあったコケシを気持ちいいくらいあっさりと蹴《け》り落とした。

「ほんま、いっつもこういう調子なんよ。もう、かなわんの。片づけた思うたら、すぐにまたわやくちゃにするんやけん」

口ではうんざりしていながら、よっこらしょ、と立ち上がり、コケシを元に戻すしぐさは、なんともいえずうれしそうで、楽しそうで、幸せそうだった。

だいじょうぶ、かもな。

まだがんばってくれる、かもな。

でも、それに頼るのは、やっぱり息子としてずるい、かもな……。

直紀はお雑煮のお椀に顔をつっこむような格好で、お餅を食べる。赤貝を食べる。塩ブリを食べる。顔を上げられない。いまおふくろさんと目が合ったら、どんな顔になってしまい、どんな言葉を口にしてしまうのか、自分でもわからないから。

コタツに戻ったおふくろさんは、「お母ちゃんのことは、なーんも心配せんでええけんね」と言った。

唐突《とうとつ》だったし、なにかのついでに思いだしただけのような口調でもあった。

「それでも……まあ、たまには帰っておいで」

ぽつりと付け加えたこっちの一言のほうに——ほんとうの本音はひそんでいたのかもしれない。

「お父ちゃん」がおふくろさんの膝に来た。前肢《まえあし》をコタツの端について、伊達巻きをもらって食べた。

「急に帰ってくる言うけん、大あわてで黒豆つくったら、やっぱり失敗してしもうたんよ」

確かに、去年と同じように、今年の黒豆も皺くちゃだった。

それを見て、直紀はまたお椀に顔をつっこんだ。

親父さんの顔が浮かぶ。

親父さんの声が聞こえてくる。

もう二度と食べることのできない親父さんのお餅は、ほんとうに腰があって、よく伸びて、美味かったのだ。

「これ、食べるやろうかなあ」

おふくろさんは手のひらに黒豆を一つ載せて、「はい、お父ちゃん、縁起物やけん一つ食べて」と「お父ちゃん」の顔の前に差し出した。

「お父ちゃん」はしばらく黒豆のにおいを嗅《か》いでいたが、気に入らなかったのか、ぷい、と顔をそむけてしまった。

「あらあ、そげなとこまで人間のお父ちゃんに似とらんでもええのになあ」

おふくろさんは大げさにがっかりして、なあ、かなわんなあ、と直紀に笑いかけて、目から涙をぽろぽろとこぼした。

いきなり頭の上から降ってきた雨粒に、おふくろさんの膝の上の「お父ちゃん」はびっくりした顔で左右を見回した。

ごまめ

新年早々、ひとつの歴史の終わりを思い知らされた。

「なに大げさなこと言ってるのよ」

奥さんにはあきれ顔で笑われ、中学一年生の敏記《としき》にも「たんにお姉ちゃんに見捨てられたってだけでしょ」と——事実だから腹立たしいことを言われた。

それでも、斎藤《さいとう》さんは思うのだ。

恒例《こうれい》の行事だったんだぞ。正月の三が日を丸々空けろと言ってるわけじゃない、元旦の午前中、ほんの二時間ほど家族に付き合うだけなんだぞ。ほんのそれだけのことが、なぜできないんだ、香奈《かな》は……。

「できないってば」

奥さんは諭すように言って、「もう高校二年生なんだから」とつづけた。

敏記もおせちの栗《くり》きんとんから栗を選《よ》り分けながら言った。

「カレシもいるんだし」——事実というのは、どうしてこう、腹立たしいのだろう。

斎藤さんは顔をしかめて「友だちだろ、ただの」と返し、「元旦の朝っぱらから出かけさせるなんて、向こうの親も非常識なもんだよなあ」と、ぬるくなったお屠蘇《とそ》を啜《すす》った。

「ウチだってそうじゃん」

「出かけさせたわけじゃない、勝手に出て行っただけだ」

「でも『行ってきまーす』って言ってたよ、お姉ちゃん」

「屁理屈《へりくつ》はいいから……おまえ、栗ばっかり食べるなよ」

「細かいことばっかり言うんだからさあ」

「細かいんじゃない、細やかなんだ。言い方間違えるなって」

ごまめを奥歯で噛《か》みしめる。

こたつの一辺――ちょうど斎藤さんの真向かいが空いている。

去年の元旦は、そこに香奈が座っていたのだ。ずっとケータイを覗き込んで友だちと年賀状代わりのメールをやり取りしながら、話しかけてもろくすっぽ返事もせず、お年玉をもらってお雑煮を食べるとさっさと自分の部屋にひきあげてしまったが、しかし、とにかく、最低限、家族と一緒に正月を祝ったのだ。「いる」と「いない」とでは違うのだ。断じて違うのだ。

去年の香奈は、自分の部屋にひきあげたあとも、「おい、そろそろ行くぞ」と声をかければ「はーい」と答えたのだ。たとえ神社までの道すがらヘッドホンで音楽を聴きどおしだったとしても、毎年恒例の初もうでにはちゃんと付き合ったのだ。

それがどうだ。今年はどういうことだ。家族そろって新年の挨拶《あいさつ》だ、と待ちかまえていても、なかなか起きてこず、やっと自分の部屋から出てきたかと思えば、居間に顔も出さずに洗面所経由で玄関に向かい、「遅刻遅刻！　お母さん、お年玉ちょうだい、佐《さ》伯《えき》先輩と初もうで、そっ、ゆうべメールで決めたの、しょーがないじゃん、ごはんいらない、おもち太るし、外で食べる、年賀状勝手に読まないでよ、お年玉早く早く、ありがとっ、じゃあね、帰り、わかんない、なるべく早くってことで、行ってきまーす！」

……あけましておめでとう、の一言さえなかった。

「なんなんだろうなあ、ほんとに」

斎藤さんがため息をつくと、奥さんはお屠蘇をお酌《しゃく》しながら「しょうがないわよ、いつまでも家族勢ぞろいっていうのもヘンでしょ」と言った。

わかっているのだ、斎藤さんだって。

子どもたちは成長する。友だちが増えて、世界が広がっていく。休みの日に遊ぶ友だちが一人もいないと、むしろそっちのほうが心配になる。理屈ではちゃんとわかっている。納得もしている。

それでも――。

「なにも元旦から出かけることはないだろ、あいつも」

つぶやいた言葉は、本音の半分だった。残り半分の本音を自ら認めるには、お屠蘇をもう一口啜らなければならなかった。

「だいたい、なんなんだ、その、佐伯とかっていう奴は」

「バスケ部の先輩でしょ。佐伯孝史《たかし》っていうんだよ」

「それくらいわかってるよ……栗ばっかり食べるなって言ってるだろ」

やれやれ、と奥さんが苦笑交じりに言う。

「あなたが心配してるような感じの子じゃないわよ。勉強もできるんだって。第一志望がワセダみたいよ」

「会ったのか」

「……言わなかったっけ？　ちらっと挨拶しただけなんだけど」

「あとさー、けっこうイケてるよね、顔」

「敏記……おまえもか」

「会ったんじゃなくて、お姉ちゃんにケータイの写真見せてもらったの。あれ？　お父さん見せてもらってないの？」

斎藤さんは憤然《ふんぜん》として、ごまめを嚙む。なんなんだ、なんなんだ、と嚙みしめる。

「どうする？　そろそろ出かける？」

奥さんに訊かれるたびに、うん、そうだなあ、と生返事をしているうちに、眠くなってしまった。四十代に入ってから、酒を飲んでうたた寝をすることが増えた。若い頃は酔いが回ると元気になったものだが、最近は逆に、尻が重くなり、なにをするのも億劫《おっくう》になってしまう。

「ちょっとだけ寝てから……うん、ちょっと酔いを醒《さ》ましてから……行こう」

足をこたつに入れたまま、折り畳《たた》んだ座布団を枕にして横になった。目をつぶると、そのまま、すうっと眠りに引き込まれた。

お父さん寝ちゃったよ、と敏記の声が遠くから聞こえる。フテ寝ってやつかな――こいつ、ほんとに……。

疲れてるのよ、テレビの音小さくしてあげなさい――子どもが巣立ったあとに残るのは夫婦なんだよな、うん……。

でもさー、初もうでとか元旦とか、なんでお父さんあんなにうるさいわけ？

せっかくのお正月なんだから、って思ってるのよ。

でも、オレがガキんちょの頃とか、そんなに張り切ってなかったでしょ。

まあね、やっぱりね、それだけ歳をとったってことなんじゃないの？　ほら、おじいちゃんとかおばあちゃんって、年中行事にうるさいでしょ。ニッポンの心を大事にするようになるのよ。

違う――。

そんなのじゃない、ひとを年寄り扱いするな、同い年のくせに――。

不本意である。不愉快でもある。だが、耳以外のすべてはすっかり寝入ってしまって、体を起こすことも声を出すこともできない。

ねえ、オレも遊び行ってきていい？

そうねえ……。

だって、お姉ちゃんだけ、ずるいじゃん。

そうよねえ……。

じゃ、行ってくるねーっ。

昔――まだ香奈が小学生で、敏記は両親を「パパ、ママ」と呼んでいた頃、正月を家族で過ごすのはあたりまえのことだった。

あたりまえすぎて、それがいつかは終わってしまうのだとは考えもしなかった。

初もうでから帰ったあと、サッカーの天皇杯決勝戦をテレビで観ながら、ばたばたと走り回る敏記を「うるさいよ、テレビの音が聞こえないだろ」と叱ったり、「バドミントンしようよ」と香奈に誘われても「また今度な」と面倒くさそうに断ったり、元旦はまだしも、二日や三日になると「朝から晩まで子どもたちと一緒ってのも疲れるよなあ」と奥さんにぼやいたり……。

ぜいたくなこと言うなよ。あの頃の自分に会えたら、たしなめてやりたい。

香奈と敏記も、いつか気づいてくれるだろうか。親にとって子どもと過ごす時間が貴重なように、子どもにとっても、親と一緒におしゃべりしたり出かけたりする時間は、やり直しがきかないからこそ貴重で、かけがえがなくて……。

そんなの、いりませーん。

キャハハッと笑う香奈の顔が浮かんで、ムカッとしたとき——目が覚めた。

敏記は、もう居間にはいない。

ため息交じりに体を起こすと、奥さんが「さっき、香奈からメール来たわよ」と言った。

初もうでのあと、佐伯くんと映画を観て、晩ごはんを食べてから帰るのだという。

「佐伯ってのは受験生だろ？　なにふらふら遊び歩いてんだ……」とぼやいて栗きんとんに箸を伸ばすと、もはや栗はひとかけらも残っていなかった。

「でも、笑っちゃうのよ、あの子」

「なにが？」

「どこに初もうでに行ったか訊いてみたら、結局、三丁目の天神さまにしたんだって」

「なんだよ、近場ですませたのか」

「やっぱりアレなんじゃない？　子どもの頃からずーっと初もうでは天神さまだったんだから」

「うん……」

軽くうなずいたあと、風に飛ばされかけた帽子をあわててつかむように、「そうだよ、あたりまえだよ」と声を強めた。「わが家の流儀《りゅうぎ》なんだから、そう簡単に変わるものじゃないんだよ」

奥さんには「また大げさなこと言うんだから」と笑われたが、斎藤さんは真顔で「大げさに言わないと通じないんだよ、いまの時代は」と返す。

「そういう考えが大げさなのよ」

「親父が大げさにならなくて誰がなるんだよ」

迷い箸をした末に落ち着いたのは、やはり、ごまめだった。減り具合からすると、どうやら奥さんも敏記もまったく箸をつけていないようだ。

「親父がふにゃふにゃのことばっかり言っててどうするんだ。もっと、こう、ガツン、と歯ごたえがあることを子どもに言ってやるのが、親やおとなの義務なんだよ、義務」

ごまめを嚙みしめる。そう、この歯ごたえ。そう、このほろ苦さ。こんな瘦《や》せた小魚が正月のごちそうだった頃に思いをはせつつ——数えで四十六歳になった斎藤さん、そんな頃のことなど実際にはなにも知らないのだが。

それでも、顎を動かしたので眠気が覚め、脳が活性化したのか、頭がしゃんとして元気になった。

「なあ、初もうで、二人で行くか」

「あ、ごめん……もう行かないかと思って、お隣の奥さんと初売りに行く約束しちゃった」

人間は一人で生まれて一人で死んでいくんだから。ごまめとともに嚙みしめる。「門松は冥土《めいど》の旅の一里塚《いちりづか》」は一休禅師だったかな、たしか。「めでたくもあり　めでたくもなし」——わかるなあ、染みるなあ、と一人で出かける支度をした。

門松はコドクな親父の一里塚　寂しくもあり　寂しくもなし。

いや、やっぱり寂しいか……。

ニュータウンのはずれにある天神さまは、土地柄なのか、家族連れの初もうで客で毎年そこそこにぎわっている。特に、電車や車に乗って遠出をするのは大変な、赤ちゃんや小さな子どもを連れた家族が多い。

かつては、わが家もその中にいた。だが、ベビーカーを押したり子どもの手をひいたりする父親たちは、一目見ただけで、ああ若いなあ、とわかる。

もう俺はこっちじゃないんだ、と噛みしめた。三十代になりたての父親と比べても、一回り以上も歳が違うのだ。

一方、老夫婦の初もうで客も、境内《けいだい》にはちらほらといる。こっちだこっち、俺は、もう、こっちのほうが近くなってるんだ……。


終わり、とは思わない。家族の歴史はまだつづいているはずだし、つづけなければならないはずだ。だが、「前期」はそろそろ終わるんだろうな、と認めた。香奈や敏記が将来のことを真剣に考えるようになって、世の中の厳しさにぶつかって、「青春」ではなく「人生」を生きるようになった頃……親父の出番だ。満を持《じ》して、親父、登場なのだ。

「だといいけどなあ……」

わざと口に出してつぶやき、わざと冷ややかなあきらめ顔で笑って、本殿《ほんでん》に向かう。

お参りをするときに祈る言葉は、毎年変わらない。細かいことを言い出せばきりがないので、シンプルに一言「家族みんなが幸せでいられますように」――今年はそれにもうひとつ付け加えた。

佐伯孝史とかいう男が、まじめで誠実な奴でありますように。

お賽銭《さいせん》まで追加した。財布に入っていた五円玉一枚、ではあったのだが。

家族そろっての初もうでは、お参りのあとでお守りを買い、おみくじをひいて、絵馬を奉納《ほうのう》して終わる。お守りは四枚買った。おみくじは、ろくでもない札を引いてしまいそうな気がして、やめておいた。

問題は絵馬だ。去年までは斎藤さんが真ん中にデカデカと書いた〈家内安全〉のまわりに、奥さんと香奈と敏記がそれぞれの願いごとを書くのが常だった。

どうするかな、一人で書くのももったいないし、今度みんなで出直すかなあ……と迷いながら、先客が掛けた絵馬を見るともなく眺めていたら——胸がドクンと高鳴り、思わず声が出そうになった。

〈TAKASHI&KANA〉と書いた絵馬が掛かっている。

孝史&香奈——まさか、と苦笑して想像を打ち消しかけたが、〈ワセダ絶対現役合格!〉と男の字で書いた横に、〈来年は私も!〉と添《そ》えた右肩上がりの字は、香奈の字のように見えなくもなくて……。

さらに、いかにも付け足しのような位置に、こんなお願いごともあった。

〈家内(私・母・弟・父)安全〉

深々とため息をついた。天神さまの前で恥をさらしてどうする。なんだ、この括弧《かっこ》は。

なんなんだ、括弧の中の序列は。

それでも自然と頬がゆるむ。家内安全。わが家の初もうでの流儀が受け継がれていたことが、なんともいえずうれしい。デートの最中にちらっとでも家族を思ってくれたことが、照れくさくて、こそばゆくて、やっぱりうれしい。

社務所に行って絵馬を買った。奮発して、絵入りの大きなサイズにした。

まずはど真ん中に大きく〈家内安全〉。

右上には、奥さんに代わって〈いつまでも若く〉と書いた。右下には、敏記のために〈英語の成績アップ〉と書いた。

左上は自分のために空けて、先に左下を埋めた。〈門限厳守〉――頼むぞ、香奈。書いたあとで、これは願いごとじゃなかったかな、と思ったが、まあいい、天神さまは「よっしゃよっしゃ」と大らかに聞き入れてくれるだろう。

そして、最後に左上。しばらく迷ってから、ゆっくりとサインペンを走らせた。

〈家族が皆、健康で暮らせますように〉

俺はいいんだ、個人の願いごとはいいんだ、それが親父ってものなんだ……と小さくうなずきながら、絵馬を掛けた。

玉砂利《たまじゃり》を踏んで歩きだす。ちょっとだけ胸を張って、若い両親に、がんばれよお、おまえらもがんばれよお、と心の中でエールを贈って、ふと気づいた。

奥歯の間に、ごまめの尻尾が挟まっている。

そう、そうなんだよなあ、と歩きながら苦笑する。歯の隙間《すきま》が最近どうも広がり気味なのだ。そろそろ食後の爪楊枝《つまようじ》が欠かせなくなってしまうのかもしれない。

それでもいいか。まあいいか。しー、しー、と息を吸い込んで歯の隙間に通してから、上下の奥歯を摺《す》り合わせた。キシキシ、キシキシ、と歯ぎしりすると、そういうつもりではないのに笑顔になってしまった。

火の用心

「火の……」と言いかけたところで、山崎さんの声が止まった。

ひゃっ、ひゃっ、と鼻がひくつき、隣を歩くわたしが身がまえる間もなく、派手なくしゃみがガード下の通路に響きわたった。

山崎さんの前にいたワクちゃんはとっさに首を縮めたけど、たぶん、鼻水や唾《つば》のしぶきがかかった。

「なんなんだよ、ヤマザキ、しっかりしてくれよ」

先頭を歩く小野《おの》さんが振り向いて、拍子木《ひょうしぎ》を軽く小刻《こきざ》みに打った。

顔は笑っていても、押しの強いダミ声はいつも怒っているように聞こえる。見た目はウチの父親と変わらない四十代半ばでも、なんともいえない貫禄がある。

「火のーっ、よーっ、じんっ！」

小野さんは山崎さんに代わって声を張り上げて、拍子木をカッチ、カチと鳴らした。濁《にご》っていてもよく通る声だ。きっとカラオケではシブい曲がうまいだろう。拍子木の打ち方も手慣れている。実際の経験がどうこうというより、とにかく自信たっぷりなのだ。

「『の』がポイントなんだよ。そこで声が弱くなったらだめなんだ。『火のーっ』で引っ張り上げて、『用心』で落とすっていうつもりでやらなきゃ」

ほら、やってみろ、と山崎さんにうながす。

山崎さんは小野さんとは逆に、いかにも自信なさげに何度か咳払いをして、「火の……」と声を出したところで、またくしゃみをしてしまった。

さえない。間が悪い。山崎さんも見た目はウチの父と同じぐらいだけど、こっちはなんともいえず頼りない。しっかりしてよ、と背中を叩いて活を入れたら、そのまま前のめりに転んでしまいそうな気もする。

「ヤマザキくーん、しっかりしてくださいよぉ」

小野さんはまた笑う。でも声は怒っている。ひょっとしたら、「怒ってませーん」のアリバイづくりのために、とりあえず笑顔にしているだけなのかもしれない。

小野さんならありうる。知り合ってからまだ二日目だけど、もうわかった。嫌なひとだ。

ゆうべはいきなり「なんで女子高生なんかが来てるわけ？」と言われた。夜回りを始めてからも、むかつくことを言われどおしだった。

「スカイハイツさんもアレだよなあ、女子高生なんか寄越しちゃって。町内会のこと、どう考えてるんだろうなあ」

「あんたたちも迷惑だろ？　女子高生なんだから、勉強とか遊びとか、いろいろ忙しいのに大変だよなあ」

「まあ、女子高生っていっても、いろいろなんだな。あんたたちはいいよ、まじめそうだから。でも、そうじゃないのもたくさんいるだろ、女子高生ってのは」……。

ワクちゃんは「女子高生」というくくり方に腹を立てていた。

わたしは、「なんか」「なんだから」「ってのは」という言い方にカチンと来た。

で、二人そろって、小野さんの自信たっぷりのしゃべり方が、とにかく、むしょうに嫌で嫌でしかたなかったのだ。

「ま、いいや、俺が声を出すし、拍子木も俺が打つから、適当に後ろについてきてくればいいよ」

小野さんは山崎さんを見限ったように言って、さっさと歩きだした。わたしとワクちゃんには声もかけない。最初から声出しも拍子木もやらせないと言われていた。

「女の子の声じゃダメなんだよ。なかなか通らないし、無理して大きな声を出したら悲鳴かと思われちゃうし、拍子木の音も軽いんだ、ほら、力がないから」——理屈では正しいのかもしれない。たとえ少々間違っていたとしても、あんなふうに自信たっぷりに言われたら、「はあ……そうですか」とうなずくしかない。納得というより、言い返すのが面倒になってしまう。「自信」というものは、まわりのひとの気力を奪って育っていくのかもしれない。

まあ、でも――と気を取り直した。

町内の夜回りは、まだ半分を過ぎたばかりだ。先は長い。

「風邪ひいてるんですか？」

わたしは山崎さんに訊いた。

山崎さんは申し訳なさそうに「いや、風邪じゃないと思うんだけど……うつしちゃマ
ズいよね、ごめんね……」と言う。

違う違う、そういう意味で言ったんじゃなくて、とあわてて首を横に振った。

「このくしゃみ、花粉症なんだと思うんだ。鼻水もさらさらしてるし、目もちょっとか
ゆいし」

「スギですか？」

「うん……ボク、けっこうひどいんだ、花粉症が」

「やだ、わたしもです。三月四月って、もう、半分死んでます」

「今年は花粉の飛散量が多いらしいよ」

「やだぁ、サイテー、留学したい」

「うん、ボクもどこか出張に行きたいときあるよ、スギの一本も生《は》えてない国に」

「でしょーっ？」

話が盛り上がりかけたのに、小野さんは不機嫌そうに振り向いて「花粉症のわけないだろ。ヤマザキ、風邪だよ、風邪。うつすなよ」と言った。

「いや、でも……」

「まだ一月で花粉症なんて出るわけないって言ってるんだよ」

きっぱりと言い切った。

それは、まあ、やっぱりそうかな、とわたしも素直に思う。

でも、前に向き直った小野さんが「火のーっ、よーっ、じんっ！」と声を張り上げた隙に、山崎さんはぽつりと言った。

「……違うよ。一月でも、もう花粉は飛んでるんだ」

「そうなんですか？」

「うん。『はなこさん』は二月一日から情報を出してるんだから」

環境省の花粉観測システムのことだ。

「二月に始めるってことは、もう花粉は一月から飛んでるっていうことだよね」

まったくそのとおり。

山崎さんはグズグズと湿っぽい音をたてる鼻を指差して、「だから、これ、りっぱな花粉症だよ」と苦笑した。

だったら、小野さんに言い返せばよかったのに。いまからでも間に合うから、自信たっぷりの小野さんをヘコませてやればいいのに。

山崎さんはなにも言わない。黙って小野さんのあとをついていくだけだった。

「おい、ヤマザキ、そろそろ声出しぐらい代わってくれよ。俺、もう負担が大きすぎて、疲れちゃったよ」

小野さんは言った。自分の肩を揉み、喉にスプレーの薬を塗るという、恩着せがましい小ネタも忘れないところが、偉いんだかバカなんだか。

山崎さんは、うん、わかった、と覚悟を決めたようにうなずいて、真冬の夜空を見上げ、息を大きく吸い込んで——むせた。

わたしとワクちゃんは顔を見合わせて、力なく苦笑いを浮かべた。

おとなの世界というのは、どうも、その、わたしたちが思っていたよりも間抜けなことが多そうだった。

「火の用心」の夜回りは、もちろんボランティア——もう少し本音をまぶすなら、町内会のやむにやまれぬお付き合いだった。

最近になってマンションが建て込んできたけれど、もともとは下町の風情《ふぜい》たっぷりの町だ。古くからの住民とマンションの住民がうまく共存できるように、と町内会は下町ノリで活発に運営されている。春の球技大会に、夏の花火大会と盆踊り、秋は運動会に資源回収に芋煮会《いもにかい》、冬には一泊二日のスキー旅行……そんな中で、梅雨入り前の草むしりと並ぶ地味な活動が、「火の用心」の夜回りだった。

マンション住まいのウチも、今年は夜回りの当番にあたってしまった。期間は一週間で、夜九時から十時までの一時間。負担はそれほどでもないけど、ウチにはウチの事情がある。

お父さんはいま、札幌に単身赴任《たんしんふにん》中だった。ちょうどその時間帯は中学二年生の妹が塾から帰ってくるので、お母さんが留守にするわけにもいかない。

それで、わが家代表は高校一年生のわたしになった。「ウォーキングのつもりでやればいいじゃない？」とお母さんに言われたときには気乗りしなかったけど、「スカイハイツからは涌井《わくい》さんちも当番になってるから」が決め手になった。

中学の頃に仲良しだったワクちゃんを「一緒にやらない？」と誘った。最初はお母さんに任せるつもりだったワクちゃんも話に乗ってきた。わたしたちは高校が別々になってしまったので、こういう機会でもないとゆっくり会えないのだ。

そんなわけで、地域社会に貢献する一週間が始まって——いま、折り返しの四日目が終わった。

小野さんや山崎さんと別れてワクちゃんと二人になると、ぐったりと疲れていることに気づく。歩き疲れるというより、気疲れだ。

「なんなんだろうね、小野って。あいつのしゃべり方、マジむかつくんですけど」

ワクちゃんがうんざりした顔と声で言う。

「ヤマザキさんもアレだよね、あんなにエラソーに言われてキレないのが不思議だよ」

とわたしが言うと、ワクちゃんも「小野にガツンと言ってやるんだったら、うちらも応援してあげるのにね」と笑う。

感心していいのかあきれるべきなのかよくわからないけど、ヤマザキさんはひとがいい。たかだか町内会の付き合いで呼び捨てにされたり命令されたりって……あのおじさん、それでいいんだろうか。

「『ドラえもん』のジャイアンとのび太みたいだよね、あの二人」

「おとななのにねー」

「会社とかとは違うんだろうね、ご近所の付き合いって」

「おばさん同士だったら、もっとうざくね？」

「あー怖え、マジ怖え、おとなになりたくねーっ」

そう言うわたしたちだって、ほんとうは微妙なぎごちなさを感じていた。

ワクちゃんの入った高校は、わたしの高校よりランクが三つぐらい下だった。地元の評判もあまりよくないし、派手に遊んでいる子もけっこういるらしい。あの学校からそこそこの大学に進学するのは、たぶんかなり難しいだろう。ワクちゃんは根がまじめな子だから大変かもしれない。

知り合った中学一年生の頃には、ワクちゃんもわたしと同じ高校が第一志望だった。「高校に行っても親友だからね」と約束していた。でも、二年生、三年生と、ワクちゃんの成績は下がっていった。まじめに勉強はしているのに、要領が悪いというか、勘どころがつかめていないというのか……そういうのが、差になるのだろう。

友だちとしては変わらず付き合っていても、ときどき、ワクちゃんのうらやましそうな視線を感じることがあった。

それを――じつは、いまも少し感じている。

だから、わたしは「そっちの学校どう？」とは訊かない。ワクちゃんもウチの学校のことは訊いてこない。近況報告のできないおしゃべりというのは、思った以上に窮屈だった。

わたしは少しずつ、ワクちゃんを誘ったことを後悔しはじめていた。

夜回り期間が後半に入ってからも、小野さんの言うことやすることは、いちいちわたしとワクちゃんをむかつかせた。

たとえば、こんなこと――。

「今朝電車に乗ってたら、梅の咲いてる庭があったんだよ。そうしたら、近くにいた女子高生がなんて言ったと思う？　『きれいだねー、あれって桜だよねー』だぞ。もう信じられないよ。いつから日本人は梅と桜の区別がつかなくなったんだろうなあ」

いいじゃん、どっちだって。

梅でも桜でも、花をきれいだと感じる心のほうが大事なんじゃないの？

しかも、小野さんはそんな話をしたあとで、決まってわたしたちに訊くのだ。

「どう思う？　同じ女子高生として」

知りません。

「あんたたちから見ても、やっぱり一般常識のない子が増えてると思う？」

知りません。

「あと、よくファミレスでバイトしてる女子高生が、『お釣りのほう二百円になります』とか『こちらハンバーグのほうになります』とか言うだろ？　ほうほう、ほうほう、フクロウじゃないんだから。ああいうのもなあ、どうにかならないのかなあ。あんたたちも同じ女子高生として、どう感じる？」

もうやめてくれえ……。

わたしとワクちゃんは最初の日にちゃんと自己紹介したのだ。

わたしは、秋元《あきもと》。

ワクちゃんは、涌井。

でも、小野さんは覚えてくれていない。だからいつもわたしたちをまとめて「あんたち」と呼び、もっと大ざっぱに「女子高生」でひとくくりにする。

わたしはそのほうがよっぽど非常識だと思う。

小野さんはこっちが訊いてもいないのに、自分の仕事や家庭のことをいろいろ教えてくれた。

小野工務店の三代目の社長さんだという。おじいちゃんの代からこの町内にどーんと根を張って、子どもは息子ばかり三人。どの子のときにも小学校や中学校でPTA会長をつとめ、町内会でもずっと役員をしている。よく言えば地元の若き名士——身も蓋もなく言えば、出たがり屋。「教育問題には常日ごろから関心があって、いろいろ勉強してるんだ」と言われたときには、心底、ニッポンの未来が不安になってしまった。

「火の用心」の夜回りも、小野さんの発案だった。

「あんたたちも、ケータイやインターネットもいいけどさ、やっぱり自分の脚で歩かなきゃなあ。小さな町でも、歩けば広いだろ？　歩いてればいろんなものを見つけられるし、いろんなひとにも会える。俺はさ、町内のみんなにもそういう体験をしてほしいわけだ。発見や出会いをしてほしいんだ。火災予防ももちろん大事だけど、ほんとうは、むしろそっちが狙《ねら》いだったりするわけだよ」

言っていることは確かに正しい。

でも、なにかカチンと来るのはなぜだろう。

一度、イヤミで「小野さんって自分のやってることにすごく自信があるんですね」と言ってみたことがある。

小野さんはあっさりと「あたりまえだろ」と言った。「自分のことを自分が信じられないで、他の誰に信じてもらうっていうんだよ」

それはそうだろうな。

でも、やっぱり、なんかむかつく。

「自分を信じて突き進むんだよ。わかるか？　いつまでも迷ってちゃ、結局どこにも進めなくなるんだよ。そうだろ？」

正しさがうっとうしさになることは、絶対にある。

迷いなくまっすぐに突き進むひとを見て、うらやましさの反面、「あーあ……やっちゃってるよ」と言いたくなるような痛々しさを感じることだって、絶対にある。

「なあ、そうだよなあ、ヤマザキ」

話を振られた山崎さんは、じつはなにも聞いていなかったようで、あ、うんうん、そうそう、そうだよ、とあわてて相槌《あいづち》を打って、くしゃみをする。

今年はまだ、わたしのまわりには花粉症の出ている子はいないけど、山崎さんの花粉症はよっぽど重いのだろう。

それにしても、山崎さんはほんとうに頼りないおじさんだった。

「たまにはヤマザキも拍子木打ってみるか」と小野さんに言われて、見るからに緊張しながら拍子木を打ち合わせて、親指を挟んでしまう。

「ほんとになにやらせても不器用だよなあ、ヤマザキは」

小野さんに言いたい放題言われても、ははっ、と苦笑するだけだった。

たまには怒ればいいのに、と思う。

でも、どう怒ればいいのかわからずに、中途半端なところで途方に暮れてしまうのかもしれない。

わたしは、小野さんよりも、そういうふうに迷ってしまう山崎さんのほうが好きだ。

どっちかを無理やりにでも選ばなければいけない、というときの話だけど。

よけいなこと言わなきゃいいけど、と心配していたことが、ついに起きてしまった。

七日目——夜回りも最終日になって、小野さんは、そういえば……という調子で訊いてきたのだ。

「あんたたちって、同じ高校の友だちなの？」

わたしのほうがワクちゃんより小野さんのそばにいた。だから、小野さんはわたしに訊いた。

一瞬、答えに詰まった。「いいえ」の一言ではすませられなかった。ワクちゃんがわたしを見ているのがわかったから。

「中学時代からの友だちです」

他に言いようがないし、嘘をついているわけでもない。

でも、小野さんは「じゃあ、中学高校とずっと一緒なんだ」とよけいな確認をしてしまう。

ワクちゃんは、まだこっちを見ている。わたしがどう答えるかを待っている。

気にすることないじゃん――と自分に言い聞かせた。

事実をフツーに言えばいいだけのことなんだってば――。

「あ、そうじゃなくて、高校は違うんです」

さらりと言えた。

ところが、小野さんは「へえ、じゃあ、どこの高校？　俺、生まれたときからずっと地元だからさ、先生のこともけっこうよく知ってるから」と訊いてきた。

「あんたたち、女子高生の割にはよくまじめにがんばってくれたからさ、ごほうびって言っちゃナンだけど、俺のほうからひとこと言っといてやろうかと思って」

誰か止めてほしい。別の話題にしてほしい。でも、ワクちゃんはこっちを見たままだし、山崎さんはあいかわらず頼りなげな顔で黙って立っているだけだった。せめてくしゃみぐらい……と期待したけど、それを待っている時間はない。

しかたなく、学校の名前を告げた。

「おおーっ、進学校だなあ。じゃあアレだ、早稲田慶應、現役合格コースってやつだな。それとも国立か？　あそこは東大に毎年二十人ぐらい受かってるんじゃなかったかなあ。親御さんも将来に期待してるだろ」

言ってほしくないことを、ぜんぶ言った。たいしたものだ、このクソオヤジ。

「で、そっちは？」

小野さんはワクちゃんを振り向いて、「どこの学校に通ってるの？」と訊いた。学校の名前を告げたときのワクちゃんの声は、微妙に、少しだけ、ためらっているように聞こえた。

でも、小野さんには通じない。

「あらら、友だち同士でえらい差がついちゃったなあ」

心臓が停まりそうになった。

「あそこ、悪いのが多いから大変だろ。染まったらだめだぞ」

ワクちゃんの顔を、とてもまっすぐには見られない。

わたしは思わず小野さんに言った。

「だいじょうぶです、ワクちゃんはまじめだし、ほんとうは勉強もできるから」

なぜだろう——言葉を口にした瞬間、わたしはもうわかっていたのだ。

自分がとんでもなくひどいことを言っているんだと、ちゃんとわかっていたのだ。

だから、ワクちゃんが「わたし、帰る」と背中を向けて駆けだすのを、わたしはテストの答え合わせをするように見送るしかなかった。


自分の影を踏みつぶしながら、うつむいて歩いた。

声を出して拍子木を打つ小野さんとはずいぶん距離が開いてしまったけど、小野さんはいつものように振り向いて「早く来いよ、なにやってるんだ」とせかしたりはしなかった。多少なりとも自分でも責任を感じているのか、わたしのことは山崎さんに丸投げするつもりなのか、まあ、もう、どっちでもいいけど。

「かわいそうなことしちゃったね……」

山崎さんは申し訳なさそうに言った。ちゃんとわかってるんだ、このひと。わかってるんなら、早くなんとかしてくれればよかったのに。

「あとで謝っときます」

許してもらえないかもしれないけど、と心の中で付け加えた。

でも、山崎さんは「そうじゃなくて、秋元さんのほう」と言ってくれた。「ああいう質問に答えるのって、おとなだってキツいよ」

「……ですよね」

「あいつ、いつもそうなんだよ。無神経っていうか、デリカシーがないっていうか、ガキの頃からちっとも変わってないんだ」

「あいつ？」

「小野だよ」

苦笑交じりに言った山崎さんは、くしゃみを一つ挟んで、「ボクと小野、小学校の頃の同級生だったんだ」とつづけた。

「そうだったんですか……」

小野さんが山崎さんを呼び捨てにしていた理由がやっとわかった。

「最初に言ってくれればよかったのに」

「うん、ボクも小野がいつ紹介してくれるのかなって待ってたんだけどね、あいつ、そういうところ、ほんとに気をつかわない奴だから。自分にしか興味がないんだよ」

わかります、とうなずいて、「仲よかったんですか？」と訊いた。

「友だちっていうより、ガキ大将といじめられっ子だったかな」

わかります、ともう一度うなずきそうになって、あわてて首を止めた。

山崎さんは中学からは都心の私立に通ったので、地元の公立校に進んだ小野さんとはまったく接点がなかった。

「だから、あいつにとってのボクは、あの頃といまがそのまくっついてるんだよね」

ほんと、変わってなかったなあ、と感心したように首をひねり、どうすればあれだけ成長せずにいられるのかなあ、とまた苦笑する。

一週間ずっと頼りなかった山崎さんが、微妙に、カッコよく見えてきた。

「夜回りで再会したんですか？」

「ああ……ほんとに偶然だったんだ」

そもそも、山崎さんはこの町に住んでいるわけではなかった。仕事の都合でしばらく実家で過ごすことになって、そのときにちょうど夜回りの当番にあたったのだ。

「仕事の都合って？」

「来週からニューヨーク」

山崎さんは軽く、すぐご近所の話をするように言った。

「なんで、ニューヨークなんかに……」

「商社に勤めてるんだ。で、ロンドンに行かされるのかニューヨークなのか、ぎりぎりまで天秤《てんびん》にかかってたから、とりあえず引っ越しの準備だけして、実家で待機してたわけ」

あの頼りなさは、能ある鷹は爪を隠すの頼りなさ——というか、ガリ勉くんの不器用さだったのか。

どっちにしてもすごい。小野工務店の三代目社長より、たぶん、ずっとすごい。

「まあ、仕事の話はどうでもいいんだけど」

山崎さんは照れくさそうに話を元に戻した。自慢話に聞こえてしまうのが恥ずかしいのだろう。そういうところも、小野さんとは正反対なのだ。

「で、どうせ時間もあるし、年寄りの両親に夜の外出をさせるのも心配だから、夜回りにはボクが行くことにしたんだ。そうしたら、小野がいて……」

「向こう、覚えてました？」

「うん。むしろボクのほうが半分忘れかけてたんだけど、あいつはすぐにボクのことを思いだしてくれて、名前も呼んでくれて、そのおかげでボクも、ああ、小学校のときの小野くんかあ、って記憶がよみがえったんだ」

「……って？」

山崎さんはいたずらっぽい笑顔になった。「じつはさ……」と言いかけて、プッと噴き出してしまう。もったいをつけているのではなく、ほんとうにおかしくて我慢できない、という噴き出し方だった。

「ボク、ヤマザキっていうんじゃないんだ」

「はあ？」

「ヤマサキ。濁らないんだ」

「ヤマサキ……さん？」

「そう。でも、あいつ、小学生の頃からずーっと間違えたまま、ヤマザキなんだよ。学校であいつだけだった。ヤマザキじゃなくてヤマサキだから、って何度言っても忘れちゃうんだよ」

なにそれ、サイテーじゃん――思いっきりあきれた。

でも、そのサイテーさは、いままでの小野さんのサイテーさに比べると、ずっと気持ちよかった。

顔を上げると、小野さんとの距離がさっきまでより縮まっていた。

立ち止まってわたしたちを待ってくれていた。

行こうか、とヤマサキさんにうながされて足を速めた。

「夜回りのときは間違ってるって言わなかったんですか？」

「うん……もうおとなだから、恥をかかせるのも悪いし、最後に教えればいいかな、って」

「じゃあ、いま教えてあげてくださいよ。どうせ今日で終わりなんだから」

「そう?」

「はい。いますぐ」

　勘違いを正された小野さんがどんな顔になるのか見てみたい。意地悪な気持ちではなく、そのときの顔を見たら、いまより小野さんのことを好きになれるかもしれない。ほんの少しだけかもしれないけど。

　なにも知らない小野さんは、足踏みをして寒さをしのぎながら、早く来ーい、というふうに拍子木を軽く打ち鳴らした。

「でもさ、小野と三十何年ぶりに再会して、ヤマザキってすぐに呼ばれたとき……うれしかったんだ、すごく」

「はい……」

「間違えてても、うれしかった」

「はい……」

「友だちって、難しくて、不思議で、面白いだろ?」

「はい」——こっくりとうなずくことができた。

　ワクちゃんと仲直りできるだろうか。時間はかかるかもしれない。でも、いつかきっと、と信じたかった。

　ワクちゃん聞いて聞いて、夜回りの小野ってさ、マジ大バカだったの——。

そんなふうに笑いながら話せるようになればいい。

おとなになってからでもかまわないから。

ヤマサキさんがくしゃみをした。

わたしにも、そのくしゃみがうつった。花粉のシーズンがいよいよ到来したのかもしれない。

小野さんは、くしゃみ二発に張り合うつもりなのか、いきなり「火のーっ、よーっ、じんっ！」と声をあげて、カッチ、カチ、と拍子木を打った。

「風邪ひいちゃうだろ、早く来いよ、ヤマザキ！」

自信たっぷりに、笑いながら、言った。

その年の初雪

その年は、記録的な暖冬だった。

いつもの冬なら十二月早々に降るはずの初雪が、年が明けても降らなかった。

「ねえ、雪になると思う？」

泰司《たいじ》は窓に張りつくようにして外を見つめながら、お母さんに訊いた。

朝から曇っている。風も冷たそうだ。これなら——と期待を込めて、「ねえってば」とお母さんを振り向いた。「雪、降るんじゃない？」

でも、お母さんは朝ごはんをつくる手を休めず、「無理じゃない？」と苦笑交じりに言った。「お昼から晴れるって」

「そうなの？」

「うん、さっき天気予報で言ってた」

泰司はしょんぼりとうつむいて、暖房で白く曇った窓ガラスに指で「バカ」と書いた。

「そんなことより、パジャマ着替えなさい、もう七時半よ」

「……うん」

「天気がいいほうが外で遊べていいじゃない、サッカーでもソフトボールでも、いまのうちに少しでもたくさん遊ばないと、三学期なんてあっという間に終わっちゃうんだから」

泰司は黙って、窓に「1」「2」「3」と数字を書いた。一月は、もう半分近く終わってしまった。二月は二十八日までしかないし、三月は二十四日に終業式だ。

頭の中で足し算と引き算をして、〈71〉と窓に書いた。あ、でも、日曜日も引かなきゃいけないのか、建国記念日もあるんだ、と気づいたが、計算がややこしくなりそうなので、まあいいや、とやめた。

どっちにしても、残り少ない日々であることに変わりはない。三学期が終わると泰司は転校する。お父さんの転勤で、遠くの町に引っ越してしまう。小学校に入ってからの四年間で、転校は三度目だった。

泰司は窓に書いた数字をぜんぶ手のひらで消して、「雪、ほんとに降らないと思う？」と訊いた。

お母さんは、やれやれ、とあきれた様子で笑って、「降るかもしれないね」と気のない声で言うだけだった。

「それより早く着替えて、ごはん食べなさい。学校に遅れちゃうよ」

泰司は最後にもう一度外を見て、窓のそばを離れた。消し忘れた「バカ」の文字から、水滴が、涙のようにガラスを伝《つた》い落ちた。

三年生の秋にこの町に引っ越してきたから、冬は二度目——そして、これで最後ということになる。

初めてこの町で迎えた冬は、雪がたくさん降った。長靴がすっぽり埋まるほど積もったときもあった。友だちと何度も雪合戦をしたし、雪だるまもつくった。

「もっと積もったら『かまくら』もつくれるんだけどな」

転校してきて最初に仲良くなった三上《みかみ》くんは、ちょっと残念そうに言っていた。

「『かまくら』って、あの『かまくら』？」

泰司は驚いて聞き返した。雪でつくった、テントのような家だ。本で読んだことしかなかった。

「そうだよ。オレなんか毎年つくってるもん」

「いまは？　つくれない？」

「こんなのじゃ足りないって。泥が混じったらばっちいだろ。いまの倍ぐらい積もらないと無理だよ」

「そんなに積もるの？」

「あったりまえだろ」

三上くんは胸を張って言っていたが、一年目の冬は、「かまくら」をつくれるほどの雪は積もらなかった。

三月になると、曇り空から降ってくるものが雪からみぞれに変わり、雨になって、冬は終わってしまった。

今年はもっと雪が降って、もっと積もればいい――まだ秋の頃から、ずっと楽しみにしていた。天気予報のアナウンサーが「西高東低《せいこうとうてい》の冬型の気圧配置です」と言うたびに胸がわくわくしたし、空が曇ると、授業中でも窓の外ばかり見ていた。

でも、天気予報の『各地のお天気』コーナーでは、なかなか雪のマークがつかない。十二月に入っても降るのは雨ばかりだった。

新聞やテレビの天気予報が気になってしかたない。くわしい理屈はわからなかったが、とにかく西側に高気圧があって東側に低気圧があれば、寒くなって、雪が降るらしい、ということは覚えた。

西高東低になってほしい。西高東低、西高東低、セイコウトウテイ、セイコウトウテイ……おまじないのようにずっと唱《とな》えたのに、雪はなかなか降らなかった。去年は雪景色だったクリスマスイブもだめ、お正月もだめ。初日の出が拝《おが》めてよかった、と両親はよろこんでいたが、泰司はちっともうれしくなかった。

そして、三学期の始業式の日、会社から帰ってきたお父さんは、申し訳なさそうに「三月に転勤だ」と言った。

引っ越していく先は、ここよりずっと南の、気候が温暖な地方だった。

「向こうも雪、降るの？」

泰司が心配そうに訊くと、お父さんは勘違いして「だいじょうぶだよ」と笑った。「一年に一度か二度しか降らないし、降っても全然積もったりしないって言ってたぞ」

「そう……」

「去年は大変だったもんなあ、雪ばっかりで」

お母さんも横から「洗濯物もちっとも干せなかったしね」と言った。「今年は天気がいいから助かったけど」

泰司は黙ってうつむいた。来年の冬は、もうこの町にはいない。今年の冬が「かまくら」をつくる最後のチャンスになってしまった。

さっそく引っ越しの荷造りの話を始めた両親をよそに、泰司はうつむいたまま、おまじないを唱えつづけた。

セイコウトウテイ、セイコウトウテイ、セイコウトウテイ、セイコウトウテイ……。

「今日は大寒です」

窓ガラスに指で書いた数字が〈62〉になった日の朝、ニュースのアナウンサーが言った。画面には、どこかの町の剣道道場の寒稽古《かんげいこ》の様子が中継で映し出されていた。真っ白な雪景色の中で竹刀《しない》を振るおじさんやお兄さんやお姉さんたちは、見ているこっちまで身震いしてしまうほど寒そうで、それでもとても楽しそうだった。

「お母さん、ダイカンってなに？」

「一年でいちばん寒い時期になった、っていうこと」――その年の大寒は一月二十日だった。

「大寒のあとは立春《りっしゅん》で、春が始まるわけ。ほら、節分で豆まきするでしょ、あの日が冬と春の境目になるの。節分の次の日が立春」

「じゃあ、二月って、もう春なの？」

「暦《こよみ》の上ではね。実際にはまだ寒いけど、でもやっぱり、いちばん寒いのはいまごろよね」

ニュースは天気予報になった。

「シベリアからの強い寒気団が流れ込み、日本列島は西高東低の冬型の気圧配置になっています」

アナウンサーは日本地図を棒で指し示しながら言って、「それでは各地のお天気です」と、画面が切り替わる。

曇りのち雨かみぞれ、ところによって一時雪になるでしょう——やっと、雪のマークが付いた。「ところによって」「一時」という煮え切らない言葉が頭にかぶさっていても、とにかく、雪だ。雪が降る、かもしれない。

　泰司は朝ごはんのトーストを頬張ったまま、窓辺に立った。窓の外は、ほんとうだ、暗く曇っている。それも、空の様子がいままでとは違う。ただ暗いだけではなく、むしろほの白く明るいところもあって、だからこそ寒々しい曇り空だった。

「さすがに今日は雪になるかもねえ……」

　ため息交じりに言うお母さんの声を聞きながら、泰司は白く曇った窓ガラスに、握り拳の小指側をハンコのように押しつけた。その上に指先で、ちょんちょんちょん、と点を三つ付けると、足跡のような形になる。

　雪男の足跡、とクラスのみんなで呼んでいた。てるてる坊主の反対——雪が降ってください、と祈るマークなんだ、と自分で決めた。

　家を出ると、海のほうから吹いてくる冷たい北風に身が縮んだ。防風のために古い家を囲んで植えられた松の木が風に揺れる。海岸の松林は、おそらくもっと激しく揺れているだろう。「弁当を忘れても傘を忘れるな」というのが、この地方の冬場の、古くからの言い習わしだ。冬が長くて厳しい。天候も悪い。

去年の秋に引っ越してきたばかりの頃は、布団に入ってもなかなか寝付かれなかった。引っ越してきた借家から海までは自転車で数分ほどの距離があったが、松葉がこすれ合う音が一晩中絶え間なく聞こえ、海の荒れた夜は海岸に打ち寄せる波の音まで、どーん、どーん、と鳴り響くので、怖《こわ》くてしかたなかったのだ。

今年も秋の終わり頃から北風が吹きはじめた。長年にわたって風を浴びたせいで木の幹がよじ曲がった松林は、去年と同じように葉擦《はず》れの音を泰司の家まで届かせた。十二月になると、海が時化《しけ》る日もつづいた。波の音は去年と変わらず、どーん、どーん、と響く。

でも、今年は、それが耳について眠れなくなるようなことはなかった。一年間暮らして、すっかり慣れた。来年のいまごろは、その音がなつかしくてたまらなくなっているかもしれない。

この通学路も——引っ越してきてしばらくのうちはしょっちゅう道に迷っていた。昔ながらの古い町並みだ。細い路地が複雑に入り組んで、ちょっと考えごとをして歩いていると、袋小路《ふくろこうじ》に行き当たってしまう。いまなら、友だちに家の場所を伝えるときは、頭の中に地図を思い描かなくてもすらすら答えられるのに。

この用水路も——稲刈りが終わった頃に水門が閉められて、いまは水のない溝《みぞ》になっている。用水路に積もった雪は、車やひとが通って汚《よご》さないから、雪だるまがきれいに仕上がる。それを教えてくれたのは三上くんで、実際、去年の冬に二人でつくった雪だるまは、バケツをかぶった頭のてっぺんから土台まで、目がちかちかするほど真っ白だった。

春になると、また用水路に水が流れるようになる。水草が生えて、おたまじゃくしや小ブナが泳ぐ。もう一度それを見たかった。転校がもっと早くからわかっていたら、水を抜く前にもっとしっかり見ておいたのに。

この空も——同じ曇り空でも、重い色の雲が垂れ込めているときより、雲に濃淡がついて、海のほうの空がほの白くなっている日のほうが、寒さは厳しいし、天気も悪くなる。ひと冬を過ごして、肌で学んだ。今朝の空は、その寒々しい空だ。

この横断歩道も——。

この郵便局も——。

名産のズワイガニのトロ箱を開店前の店先に積み上げた、この魚屋さんも——。

べつに理由もなく蹴飛《けと》ばして歩いているうちに、ついつい夢中になってしまう松ぼっくりも——。

後ろからいきなり追い越して、その松ぼっくりを遠くまで蹴飛ばして、振り向いて「ゴール!」と笑う、三上くんとも——。

もうすぐお別れだった。

「さむーっ」

泰司はジャンパーの袖《そで》の中に手をすっぽり隠して、松ぼっくりを蹴る。

「ほんと、今日、さむーっ」

三上くんはジャンパーのポケットに両手を突っ込んで、泰司の蹴った松ぼっくりをリレーするように蹴る。

泰司がまた蹴る。三上くんがダッシュして、また蹴る。登校中に二人が行き会ったときには、いつも、こうだ。

でも、泰司の蹴る松ぼっくりは、ふだんほど遠くへは転がらない。蹴る前も、蹴る瞬間も、蹴ったあとも、ずっとうつむいているせいだ。

「どうしたの、タイ」

三上くんも怪訝そうに声をかけた。「なんか、元気ないけど」

なんでもない、と泰司はうつむいたまま首を横に振って、三上くんの順番を抜かして松ぼっくりを蹴った。ズックの脇のほうで蹴ってしまったので、松ぼっくりはまっすぐに転がらず、道の端のどぶに落ちそうになった。

三上くんはあわててダッシュして松ぼっくりに足を伸ばし、落ちる寸前に止めた。

「セーフ！」

泰司を振り向き、ポケットから出した両手を大きく横に広げて、笑う。泰司は顔を上げて、悪い悪い、と笑い返したが、三上くんと目が合いそうになるとすっと横を向いた。


「……タイ、風邪ひいてるの？」

「そんなことないけど」

「下痢《げり》ピー？」

「違うって」

「しょんた、漏《も》れそう？」

「そんなんじゃないって」

「宿題忘れた？　オレ、忘れたけど」

「……あとで見せてやるよ」

「でも、タイ、なんか、三学期になってからずっと機嫌悪くない？」

三上くんの言うとおりだった。他の友だちと一緒のときには自然にふるまえても、二人きりのときには、どうしていいかわからなくなってしまう。

「あ、わかった。オンナだろ。片思いだろ」

違う違う、全然違う、バーカ。泰司は三上くんを放っておいて歩きだした。三上くんが「次、タイの番だぞ」と声をかけても、返事をしなかった。

三上くんはまだなにも知らない。転校のことは、まだクラスの誰にも打ち明けていない。お母さんに「ウチでお別れ会してもいいから、早めにみんなに教えてあげて、都合を訊かなきゃ」と言われても、どうしても切り出せずにいた。

前の学校でも、その前の学校でも、「オレ、今度転校するから」とあっさり言えたのに。仲良しの友だちの数は、もしかしたら、この学校よりも前の学校のほうが多かったかもしれないのに。

でも、前の学校でも、その前の学校でも、三上くんほど気の合うヤツはいなかった。五年生になっても、六年生になっても、中学生になっても、ずっと一緒にいれば、親友になれたかもしれない。それとも、もう親友になっているのだろうか。もしもそうだとすれば、親友と別れるのは、生まれて初めてのことだった。

うつむいて歩く泰司の足元を、松ぼっくりがころころと転がって追い越した。

「タイ、そこの電柱がゴールだから！」と三上くんが後ろから言う。

泰司は黙って、すぐ先の電柱を狙って松ぼっくりを蹴った。

ゴールが決まったら——。

今日、言おう、と決めた。

ふわっと浮いた松ぼっくりは、電柱に当たるか当たらないか、ぎりぎりのあたりに飛んでいった。風が吹く。ひときわ強い北風が、電線をぴゅうっと口笛のように鳴らして吹きわたる。その風が松ぼっくりの進む方向を微妙に変えた。

こつん、と電柱に当たった。

「ナイスゴール!」と三上くんがうれしそうに言った。

泰司もジャンパーの袖に手を隠したまま、形だけ、ガッツポーズをつくって応えた。

雪が降るといいのに。どんどん降って、どんどん積もって、三上くんと一緒に「かまくら」をつくって、二人で中に入ってミカンを食べて……。

そのときなら、素直に「オレ、転校しちゃうんだ」と言えそうな気がするのに。

でもいいや、もういいや、まだ六十二日もあるんだから。

泰司は電柱の前に落ちた松ぼっくりをまた道路の真ん中に蹴り出して、「次のゴール、あそこのポスト!」と宣言した。

「うっしゃーっ!」

三上くんも勢いよく駆けだして、松ぼっくりを思いきり蹴った。

泰司も蹴る。

三上くんも蹴る。

「よかったな、タイ、下痢ピー止まって」

「バーカ」

松ぼっくりを蹴るのをやめて、「ライダーキック! とうっ!」と三上くんに跳び蹴りをした。三上くんは大げさにひるんでキックをかわし、すぐさま「イーッ、イーッ」と奇声を発しながら戦闘のポーズを取る。サッカーごっこは、いつものとおり、あっさり『仮面ライダー』ごっこに変わった。

午前中の授業を受けている間に、空はいっそう寒々しくなった。風も強くなって、建て付けの悪い窓をガタガタと鳴らしていた。

「雪、降るよな、これ、絶対に降るよな」

給食のときに泰司が言うと、三上くんはあっさり「降っても、積もらないよ」と言った。「雪は夜中のうちに降らないと積もらないんだよなあ」

「そんなことないよ」

泰司はムッとして言い返した。「積もるよ、絶対」――そうでなきゃ困るんだ、と心の中で付け加えた。

「ちょっと降って、それでもう終わりだよ」

「積もるっ」

「積もらないっ」

「積もるったら、積もるんだよ」

「なに言ってんだよ、積もったら困るだろ、サッカーできなくなるだろ」

「そんなのガキっぽくて、つまんないって。サッカーのほうが一億倍面白いだろ」

なに言ってるんだ、と泰司は口をとがらせた。サッカーは確かに面白い。でも、サッカーは、いつでも、どこでも、誰とでもできる。雪合戦は、冬が寒い町で、雪の積もった日に、その町の友だちとしかできない。これからもずっと南のほうの暖かい町にばかり引っ越していくのなら、雪合戦は、もう一生できないかもしれないのだ。

「積もったら、『かまくら』つくろう」

せいいっぱい気を取り直して言った。「オレ、つくり方知らないから、教えてよ」と笑った。

でも、三上くんはそっけなく「オレだって知らないし、そんなのつくれないよ、どうせ」と言った。「『かまくら』ができるほど積もるわけないだろ」

「だって、去年、毎年つくってるって……」

「そんなこと言ったっけ？」

頬がカッと熱くなった。

「……嘘だったの？」

「嘘っていうか、冗談っていうか、よく覚えてないけど」

三上くんは、ハハッと軽く笑った。

「雪合戦しようよ」

その笑い声が、耳の奥――いや、胸の奥のいちばん敏感な場所に針を刺した。

「それに、タイ、今日は絶対に積もらないって。おまえ、去年引っ越してきたからわかんないと思うけど、オレ、知ってるもん。初雪って、毎年ぱらっと降るだけなんだから」

三上くんはそう言って、まわりの友だちにも「なあ、そうだよな？」と一人ずつ訊いていった。まっちゃん、すぎちゃん、タンカくん、いっしゃん……全員、三上くんの言葉にうなずいた。

三上くんは「そうだろ、そうだろ、そうだよなあ」と満足そうにうなずいて、泰司を振り向いた。

「な？　わかっただろ？　タイも来年から覚えとかないと」

胸の奥の針が――深々と沈んだ。

泰司は「ふざけるな！」と怒鳴って、三上くんにつかみかかった。


放課後になっても、雪は降らなかった。空の様子はいつ降りだしても不思議ではないのに、風が強くなっただけで、雪は、だめだ。

泰司はうつむいて帰りじたくをして、友だちの誰とも話をせずに教室を出て行った。

ケンカは引き分けに終わった。二人一緒に先生に叱られた。先生に「なんでケンカになったの？」と訊かれても、泰司はなにも答えなかった。先生は「どっちが先に手を出したの？」とも訊いてきたが、三上くんも口をとがらせて黙っていた。

仲直りはしなかった。だって悪いのはあいつなんだから——三上くんも同じように思っているはずだから、よけい自分から謝るのは嫌だった。

ランドセルがやけに重い。半ズボンからのぞく太股《ふともも》や膝小僧が寒い。ジャンパーの袖に手を隠して、とぼとぼと校門を出たとき、後ろから呼び止められた。

「なにやってんだよ、待てって言ってるだろ」

三上くんにランドセルを叩かれた。

「……そんなのオレの勝手だろ」

うつむいたまま低い声で答えると、三上くんはへへッと笑って、「さっき、っていうか……去年、ごめんな」と言った。

なんだこいつ、あっさり謝っちゃって、ばーか。

泰司は足を速めた。三上くんもついてきた。泰司は逃げる。三上くんは追いかける。逃げる。追いかける。逃げる。追いかける。逃げる……。

頰に冷たいものが触れた。

あっ、と泰司は声にならない声をあげて立ち止まった。雪だ。風に乗って、白いものが舞い落ちていた。積もるような降り方ではない。ほんの少し雲が晴れればすぐにやんでしまいそうな、頼りなげな初雪だった。

それでも――雪だ。

三上くんも立ち止まって、空を見上げた。

「雪だなあ……」

なに言ってんだ、そんなの見ればわかるだろ、と泰司はにらむように空を見上げる。

「これだと、意外と奇跡で積もるんじゃないか？」

調子のいいことばっかり言って。

ばーか、とつぶやくと、自然と頬がゆるんで、まつげに雪が降り落ちた。

三上くんは泰司が笑ったので安心したように、その場でぴょんぴょん跳びはねた。口もぱくぱく開けている。

「なにしてんの？」

「雪、食ってんの。これだったら、積もらなくても遊べるだろ」

ぱくっ、ぱくっ、と降ってくる雪を食べる。ほんとうに口の中に雪が入っているかどうかはわからなかったが、三上くんは、とてもおいしそうな顔をしていた。

ばーか、ばーか、雪合戦より一兆倍ガキっぽいだろ、こんなの。

心の中でつぶやきながら、泰司もやってみた。意外と難しい。だから、たまに口の中に冷たいものが入ってジュッと溶けると、やった、と声をあげたくなるほどうれしかった。

ばーか、ばーか、ばーか……。

心の中のつぶやきは、最後に、変わった。

「オレ……三月で転校するんだ」

三上くんは、ふうん、とうなずいただけで雪を食べつづけた。

それだけ？

泰司はちょっと拍子抜けして、でも、がっかりしたのを悟《さと》られたくなくて、黙って口をぱくぱくと動かした。

ずっと上を向いていたので首筋が痛くなってきた頃、三上くんの声が、やっと聞こえた。

「なんで？」

思わず振り向くと、三上くんは空を見上げたまま、「なんで転校しちゃうの？」と重ねて訊いてきた。

「なんで、って……お父さんが転勤するから」

「それで一緒に行くの？」

「うん……」

ふうん、と三上くんはまたうなずいて、「いそうろうは？」と訊いた。「ドラえもんとか、オバケのQ太郎みたいなの」

あまりにも唐突な一言にどう応えていいのかわからず、泰司はちょっと困った顔で笑うだけだった。

でも、三上くんは「オレ、二段ベッドでもいいけど」と怒った声でつづけた。「二段ベッドの下のほうでも、いいけど」

一瞬きょとんとした泰司だったが、あ、そうか、と気づくと、困惑《こんわく》した笑顔が微妙にゆがんだ。

三上くんも自分の言葉に急に照れてしまったみたいに、いきなり駆けだした。空を見上げたまま。口を開けたまま。飛行機みたいに両手を広げて。

しばらく走ったところで立ち止まり、振り向いた。

三上くんの顔もゆがんでいた。なにか言いたげに口が動きかけた。でも、それを振り払うように、「走ってたほうが、雪、たくさん食える」と笑う。「ほんとほんと、今度はほんと」と念を押して、また空を見上げ、口を開けて、走りだす。

泰司も追いかけた。

さっきの三上くんを真似して両手を翼のように広げ、口を大きく開けた。

雪が降る。雪が口に入る回数は止まっているときとたいして違わないような気がしたが、不思議なほど目のまわりによく当たる。まぶたに。まつげに。目尻に。目頭《めがしら》に。ひやっとした雪が降り落ちて、溶けて、また当たって、また溶けて。だから、目がひくひくしてしかたない。

雪が降る。頬で溶けて口に入った雪は、ほのかにしょっぱかった。時化《しけ》た海の波しぶきを風が運んで、雪と混じり合ったせいだ。

たぶん。

一陽来復

年末に離婚をした。

理由は、誰に訊かれても「いろいろあって」としか答えていない。

ごまかしているというのではなく、別れたダンナをかばっているのでもなく、もちろん自分自身の負い目を隠すためでもない。たとえ七年間という短い日々でも、夫婦として一つ屋根の下で暮らしていれば、いいことも悪いこともある。相撲の星取り表で言うなら、白星と黒星が入り交じって、終盤戦にばたばたと黒星がつづいて、結局負け越してしまったわけだ。

おそらく、結婚生活は六勝九敗——七勝八敗ほど惜しくはないけれど、五勝十敗ほどの惨敗《ざんぱい》でもない。九敗の中には、きっと勇《いさ》み足とかはたき込みとか、土俵際でのうっちゃりとか、もったいない取りこぼしもあったんだろうな、とは思う。意外と不戦敗《ふせんぱい》だってあったのかもしれない。

それでも、もうすべては終わったことだ。

いろいろあってダンナと別れた。

後悔はしていない。

四歳になる一人娘の美紀《みき》と、二人で仲良く、幸せに暮らしていきたい。

二月三日——美紀を連れて近所のコンビニに買い物に出かけて、恵方巻《えほうまき》のポスターと豆まきセットで今日が節分だと知った。

「美紀ちゃん、今夜豆まきしようか」

「鬼は外ーっ？」

「そうそう、福は内ーっ、ね」

「やるーっ」

さっそく売り場の棚からいちばん大きな豆まきセットを選んできた美紀に、わたしは苦笑交じりに言った。

「ちっちゃいのにしよう。二人しかいないんだから」

ああ、家族が一人減っちゃったんだな、と実感するのは、こういうときだ。

一陽来復《いちようらいふく》。

年末にひいじいちゃんが死んだ。

九十七歳だから大往生《だいおうじょう》だ。ひ孫の僕が高校生になったのを見届けて安心したように、去年の春からはほとんど寝たきりになっていて、最後はまるで「もういいよ、はい、お疲れさん」というように、静かに、安らかに、眠るように息を引き取った。涙よりも拍手で見送ってあげたい、みごとな死にっぷりだった。

実際、お葬式に涙はほとんどなかった。親戚やご近所の皆さんは、ひいじいちゃんの介護をつづけてきたおばあちゃんやお母さんの労をねぎらって、ついでに僕まで「ヨウくんがいてくれたことが、長生きのなによりのごほうびだったんだよ」と褒《ほ》めてもらった。

でも、僕はなにもしていない。ものごころついた頃からひいじいちゃんは年寄りで、僕と八十歳以上も歳が離れていて、耳も目も悪くなっていたので、おばあちゃんやお母さんが通訳代わりだった。遊んだことはもちろん、直接話したこともほとんどなかった。九十七年も生きるなんて、まだ十五歳の僕には見当もつかない。なにしろ、ひいじいちゃんは明治生まれだ。明治、大正、昭和、そして平成……歴史年表みたいな人生だ。若い頃の苦労話は、おばあちゃんやお母さんから聞いてなんとなく知っていたけど、歳をとってからはどうだったんだろう。体が思い通りに動かなくなってから、ひいじいちゃんはどんなことを思いながら生きていたんだろう。

なにもわからないまま、ひいじいちゃんと別れてしまった。ものごころついた頃から亡くなるまで、僕たちは遠いままだった。

ひいじいちゃんがいなくなっても、僕の毎日にはなんの変化もない。寂しさも、ゼロとは思わないけど、ほとんどない。おじいちゃんやおばあちゃん、お父さんやお母さんとは違う。大あわてでお父さんが注文した喪中のはがきを出すとき以外に、ひいじいちゃんが亡くなったんだと実感することはなかった。

ひいじいちゃんと僕は、ほんとうに家族だったのかな……。

一陽来復。

二月三日。十二年生きてきた中で、サイテーで最悪の一日になってしまった。二度と思いだしたくないけど、一生忘れられない。そんな、どん底の一日だ。

「しょうがないよ、受験なんて半分はクジみたいなものなんだから」

合格発表の帰り道、パパはわたしの肩をポンポン叩きながら言った。そういう慰めがいちばん傷つくってこと、パパにはどうしてわからないんだろう。あと、気軽に体をさわるのもやめてほしい。

模試の成績でいけば、十分に合格圏内の中学だった。二月一日の受験でも、手応えがあった。なのに――落ちた。同じ塾から受験した、模試ではわたしよりずっと点数の低かった子が受かったのに、わたしは落ちた。

「そういうものなんだよ、受験っていうのは。一発勝負だから、運不運だよ」

パパは意外とさばさばしていた。気をつかってくれているんだろうか。それとも、最初から期待していなかったということ？

合格発表の掲示板に自分の受験番号がなかったときのショックは、学校を出るときにはがっくりと落ち込んだ悲しみに変わって、電車で家の近所まで帰り着いたいまは、悔しさを通り越してしまい、なにを見てもなにを聞いてもムカつく腹立たしさに変わっていた。

「加奈《かな》、元気出せって」

「……出してるよ」

「公立だったら、アレだ、朝ゆっくり寝られるし、小学校からの友だちも多いし、かえっていいんじゃないか？」

だから、いちばんムカつくのは、そこ、なんだ。慰めなくていい。励まさなくてもいい。黙っててくれればそれでいいんだし、一緒に落ち込んだり悔しがったりしてくれたほうが、ずっとましだと思う。

パパの足が止まる。

「……どうしたの？」

「今日、節分なんだな」

コンビニの前だった。恵方巻のポスターが貼ってあった。この道は通勤で毎日通っているのに、今日初めて気づいたんだという。

「年が明けてからずっと、加奈の受験のことで頭がいっぱいだったからなあ……」

パパは初めて寂しそうな顔になった。すぐに気を取り直して「ボーッとしてるからだよな、パパは」と笑ったけど、そんなことしなくていいのに。パパの寂しそうな横顔を見るのは、そんなに悪い気分じゃなかったから。

「ねえ、パパ」

「うん？」

「豆まきしようか、今夜」

一瞬びっくりした顔になったパパは、わたしと目が合うと、よし、と笑ってうなずいた。

「パパが鬼になってやるから、思いっきり豆ぶつけろよ」

お店に入ろうとしたら、買い物を終えた親子連れとすれ違った。お母さんと女の子——女の子が提《さ》げたレジ袋の中には、小さな豆まきセットがあった。「美紀ちゃん、振り回してると鬼のお面が折れちゃうからね」とお母さんが言うと、女の子は「はーい」とうなずいた。

お店の中では、高校生ぐらいのお兄さんが棚の前で豆まきセットを選んでいた。大・中・小の三種類あるセットから、「大」にするか「中」にするか迷っているところだった。

「おう、ヨウくん、いらっしゃい」

棚に商品を並べていた店長のおじさんが、お兄さんに声をかけた。

「暮れから大変だったんだから、『大』にしちゃえよ」

「はあ……」

「パーッと威勢《いせい》良くまいたら、ひいじいちゃんも天国で喜んでくれるよ」

「そっスかねえ……」

「あのおじいちゃん、にぎやかなことが好きだったから」

「そうだったんスか？　オレ、なんにも知らないんで……」

「おじさんが子どもの頃なんて、町内会のお祭りっていったら、あのおじいちゃんが仕切ってたんだから。子どもでも遠慮なく叱るおっかないじいさんだったけど、祭りのときは楽しそうだったなあ、ほんと」

へえーっ、とお兄さんは頬をゆるめた。なんだか、探していた落とし物を見つけたときのような、うれしそうな顔だった。

お兄さんは棚に手を伸ばした。豆まきセットの「大」を、今度は迷うことなく手に取ってカゴに入れた。

一陽来復。

晩ごはんを終えて、部屋を軽く片づけてから、「そろそろ豆まきしようか」と美紀に声をかけた。

去年もやったはずなのに、美紀は「どうやるの？　どうやるの？」と訊いてくる。

「忘れちゃった？　去年は、ほら……」

途中で声がすぼまってしまった。去年は別れたダンナが鬼だった。美紀と二人で、笑いながら豆をぶつけた。あの頃はまだ、相撲で言うなら、白星のほうが多かったんだと思う。

ボール紙の枡《ます》を組み立てて、福豆を入れた。鬼のお面もつくって、輪ゴムを耳にひっかけて、かぶってみた。

「どう？　似合う？」

振り向くと、美紀はきょとんとした顔で目を真ん丸に見開いた。あ、怖くて泣いちゃうかな……とあせったら、美紀は「パパだ！」と声をはずませて、わたしを指差した。

鬼のお面で、去年の豆まきを思いだしたのだ。

わたしはあわててお面をはずし、「ママでしたーっ」と笑った。

すると、美紀はパパと会えなくなってしまった寂しさまで思いだしてしまったのか、今度はほんとうに泣きだしそうな顔になった。

お面を放り捨てて、美紀を抱きしめた。

「今年の豆まきは、鬼さんいないの、鬼さんを追い出したらかわいそうだから、『鬼は外』はやめようね、『福は内』だけでいいよね」

「……鬼は外ーっ、てしないの？」

「うん、しない」

だって、と心の中で付け加えた。ママが鬼になって追い出されちゃうと、美紀ちゃん、ひとりぼっちになるじゃない。

わが家の豆まきは、「福は内」だけ。それでいい。鬼はもう外に追い出した。あとは福を招き入れるだけ。ダンナのすべてが鬼だったというわけではないけど。

「美紀ちゃん」

「なーに？」

「春になったらさ、お花見に行ったり、動物園に行ったり、ママと仲良くしようね」

「いまでも仲良しだよ？」

「うん……でも、もっともっと仲良しになろうね」

美紀はこっくりとうなずいて、「お友だちになってあげる！」と笑った。

一陽来復。

お面をかぶったお父さんに豆をガンガンぶつけながら、おじいちゃんに「ひいじいちゃんって、そんなにお祭り好きだったの？」と訊いてみた。

おじいちゃんは「おう、そうだぞ」とうなずいて、「お祭りとかお正月とか、とにかくひとが集まって、家中まぜっかえすようなことが好きだったからなあ」と懐かしそうな顔になった。

おばあちゃんも、そうそうそう、とうなずいて、仏壇のひいじいちゃんの写真にちらりと目をやった。

「ひさしぶりにウチがにぎやかになったから、帰ってきてるんじゃないの？」

やだあ、とお母さんは笑って、「じゃあ、熱燗《あつかん》でもあとでお供《そな》えしなくちゃ」と言った。

それを聞いたお父さんは、鬼のお面をかぶったまま仏壇からひいじいちゃんの写真を取って、胸に掲《かか》げた。「よし、じいさん、一緒に逃げようか」と、さっき以上におどけたしぐさで豆から逃げまどい、ぶつけられると「あたたっ」と大げさに痛がる。すると、おじいちゃんまで「ワシも鬼のほうがいいなあ」と言いだして、お面の代わりに指でツノをつくって、お父さんの隣に立った。

おじいちゃんもお父さんも、歳の割にはノリがいい。ひいじいちゃん譲《ゆず》りなのかもしれない。で、たぶん、ひいじいちゃんの血筋は僕にだって――。

「オレもそっちに行こうーっと」

鬼が三人。プラス、写真の中のひいじいちゃん。四人並ぶとおばあちゃんが「ああ、こうして見ると、みんなよく似てるねえ」としみじみ言った。

そうかな。そうなのかな。ひいじいちゃんと僕も、やっぱり家族だったんだな。

お母さんの放った豆が、胸にあたった。僕は遊園地の的当《まとあ》ての鬼みたいに両手を上げて、がおーっ、と吠えた。みんな笑った。でも、いちばんうれしそうに笑ってくれたのは、写真の中のひいじいちゃんだったのかもしれない。

一陽来復。

「ねえ、『一陽来復』ってどんな意味?」

豆の枡に印刷された文字を指差して訊くと、ママが教えてくれた。

「冬が終わって春がまた来ますよ、っていう意味なの。今日はほら、節分だから、明日は立春で、春が始まるわけ」

「そっかあ……」

明日から春なんだ。いつもなら「そんなの暦だけでしょ」とか「迷信みたいなもんじゃん」で終わってしまうけど、今日はその話が気持ちよく耳と胸に流れ込んだ。

明日から、春。うん、明日から、春なんだ。

「加奈、気分入れ替えて、中学生活がんばりなさいよ」

ママの一言にも、素直に「うん」とうなずくことができた。受験は残念だったし、やっぱり悔しいけど、でも明日から元気になろう、と思った。元気になれるなれる、だいじょうぶ、と豆の袋に印刷されたオカメが笑っていた。

「中学に入ったら、加奈、カレシができるかもしれないよ」「もしそうなったら、ママにだけ紹介してあげるね」――わたしとママがオンナ同士のおしゃべりをしていたら、お面をかぶったパパは「まだ早いっ」と鬼の顔で言った。

わたしとママは顔を見合わせて、クスッと笑い、二人同時に豆をパパにぶつけた。

じゅんちゃんの北斗七星

なつかしい友だちの話をする。

じゅんちゃん、きみの話だ。

小学三年生のまま時が止まっているきみの顔をひさしぶりに思いだして——だから、ちょっと胸に痛みも感じながら、もう四十年近くも昔のことになる、あの頃のきみと僕のことを語ろうと思う。

きみはいつも笑顔だった。悲しいときにも、怒っているときにも、笑っていた。鍋《なべ》の中で溶けかけたおもちのような、ふにゃふにゃした笑顔だ。眠るときでさえ口元がゆるみ、寝息にも笑いが溶けているんだと、きみのお母さんが話しているのを聞いたことがある。だからよだれに濡《ぬ》れた枕カバーの洗濯が大変だ、ともお母さんはため息とともに付け加えていたのだけど。

その笑顔を思いだす。

笑顔以外の表情をほとんど持たなかったきみのことを、なつかしく、せつなく思いだす。

じゅんちゃんがまっすぐに僕を見る。あいかわらずのふにゃふにゃした笑顔だ。でも、口元よりも目を見たほうが、そのときのきみの思いがよくわかる。

友だちじゃないよ、おれたち。

じゅんちゃんの声が聞こえる。もごもごとした、ひどく聞き取りづらい声だ。

友だちじゃなくて、あいぼー、だよ、おれたち——じゅんちゃんの言葉は、そうつづくのだろうか。だとすれば、うれしい。

それとも、じゅんちゃんは、「友だちじゃないよ」と言ったきり黙り込んでしまうのだろうか。笑いながら僕をじっと見つめ、あとはもうなにも言ってくれないのだろうか。

僕たちは同じ団地のお隣さんという幼なじみだった。ものごころついた頃から、じゅんちゃんは僕のそばにいた。いつも二人で遊んでいた。

じゅんちゃんの家のおじさんやおばさんには、とてもかわいがってもらった。家に遊びに行くと、おじさんもおばさんも、まるでめったに会えないひとを迎えるみたいに大はしゃぎして、食べきれないほどのお菓子を出してくれたし、テレビも好きなだけ観せてくれた。「泊まっていきなさい」とおばさんが言うこともあった。そのときには決まって、おじさんに駅前のレストランに連れて行ってもらう。おじさんは「なんでも好きなものを食べなさい。ジュースやデザートも頼んでいいから」と僕に言って、隣に座るおばさんは、寄り添ってメニューを覗き込む僕とじゅんちゃんの写真を何枚も撮《と》る。お隣さんなのに大げさだなあ、といつも思っていた。わざわざ泊まらなくても明日また遊べるのに。写真なんかもっと景色のいいところで撮ればいいのに。レストランのごちそうに惹《ひ》かれて泊まることを決めたあとも、じゅんちゃんはいつも甘やかされてるんだなあ、オムライスにクリームソーダなんてぜいたくだなあ、と半分あきれていた。

いまは違う。おじさんとおばさんの気持ちが胸に痛いほどよくわかる。二人とも、口《くち》癖《ぐせ》のように「これからも、じゅんと仲良くしてやってね」と言っていた。その言葉の重さと苦さを、僕は、自分自身が親になってから、ようやく少しずつ嚙みしめるようになったのだ。

じゅんちゃんは幼稚園の人気者だった。

お絵描きができない。おゆうぎができない。お昼寝ができない。通園バスの席に座っていることができない。席についてごはんを食べることができない。黙っていることができない。先生に注意されると教室から逃げだして、園庭中を駆け回る。

要するに、みんなと同じことがどうしてもできずに、先生を困らせてばかりいて、だから、僕たちの人気者だったのだ。

みんなが静かにしていると、不意にじゅんちゃんが一人で騒ぎだす。ほらまた始まったぞ、と僕たちはみんなで顔を見合わせて笑う。歌詞もメロディーもでたらめな歌をじゅんちゃんが大声で歌うと、みんな腹を抱えて笑いころげる。じゅんちゃんが踊りだすと、もっと笑った。じゅんちゃんがたまにおとなしく座っていると、なんだかものたりなくて、「じゅんちゃん、歌ってよ」「散歩してよ」とけしかける友だちもいた。

それを「人気者」と呼んでよかったのかどうか——おとなになった僕は、ただ、うつむいてしまうしかない。

じゅんちゃんはふつうの子と違うんだ、とはっきり気づいたのは、小学校に入学する前だった。幼稚園の頃は、なんだかヘンなヤツだなあ、という程度で終わっていたが、じゅんちゃんの「ヘン」は、一般の小学校では許容されるかどうかのぎりぎりだったのだろう。

「ひょっとしたら、じゅんちゃんは別の学校に行くかもしれないよ」

母が声をひそめて言った。じゅんちゃんと二人で、それぞれ買ってもらったばかりのランドセルを背負っておばさんに写真を撮ってもらった日の夜のことだ。

びっくりして「なんで？」と訊く僕に、母はさらに声をひそめ、隣室との境の壁をちらりと見てからつづけた。

「じゅんちゃんみたいな子どもには、ちゃんと、そういう学校があるの」

「そういう、って?」

「だから……じゅんちゃんみたいな子がたくさんいる、専門の学校」

母はいかにも言いづらそうに顔をゆがめ、父は黙って、不機嫌そうに晩酌《ばんしゃく》の日本酒を啜《すす》っていた。

「その学校に行っちゃうの?」

「まだわからないけど、いま相談してるんだって」

「遠いの?」

「うん……ここから通えるところには、そういう学校はないから」

「引っ越しちゃうの?」

「場合によっては、そうなるかもね」

だからね、と母はつづけた。

「じゅんちゃんの前で、小学校に入ったらあれして遊ぼうとか、こんなことしようとか、言っちゃだめよ。楽しみにしてて入学できなかったら、じゅんちゃんがかわいそうでしょ?」

僕はしょんぼりとしてうなずいた。

じゅんちゃんと同じ学校に行けないかもしれないというのも、もちろん悲しかった。

でも、もっと悲しかったのは、僕たちと違うから一緒にいられないんだ、ということだった。

じゅんちゃんは確かに「ヘン」だ。でも、その「ヘン」は、僕たちと一緒にいられる程度のものなんだと、ずっと思っていた。みんなと同じことはできなくても、一緒にいることはできるんじゃないか——あの頃はうまく言えなかった悲しさを、言葉にすれば、そうなる。わかりやすく説明したとたん、ほんとうにたいせつなことが隠れてしまいそうな気はするのだが。

結局、じゅんちゃんは僕たちと同じ小学校に入学した。

うれしかった。じゅんちゃんは大喜びしていたし、僕だって、ほらみろ、と誰かに胸を張って言ってやりたかった。

入学が決まってから、おじさんやおばさんは、いままで以上に僕に優しくなった。おじさんは入学祝いにじゅんちゃんとおそろいで野球のグローブを買ってくれて、おばさんは僕たちを遊園地に連れて行ってくれた。

「これからも、じゅんと仲良くしてやってね」

いつもの言葉をおじさんとおばさんは繰り返す。そんなのあたりまえのことじゃないかと思いながら、僕は「うん」とうなずいて応える。でも、ちょうどその頃から、「頼んだぞ、な、お願いだぞ」とおじさんが念を押すようになった。おばさんが「ありがとうね」と僕の頭を撫《な》でながら涙ぐむことも増えた。

入学式が間近に迫ったある夜、おしっこに行きたくなって目を覚ますと、隣の居間からおとなたちの話し声がぼそぼそと聞こえた。話しているのは両親と、おじさんとおばさんだった。

じゅんちゃんはいるんだろうか、もう夜遅いからウチで眠っているんだろうか、と襖《ふすま》の隙間からそっと覗くと、おじさんとおばさんはあらたまった様子で両親に頭を下げていた。「ありがとうございます」とおじさんは言って、「申し訳ありません」とおばさんが言う。両親は、いやいやいや、そんな、というふうに恐縮していたが、おじさんとおばさんは、今度は言葉を入れ替えて「申し訳ありません」「ありがとうございます」と繰り返した。コタツの上に、駅前のケーキ屋さんの包装紙がかかった箱があった。きっと、中身は看板のお菓子のバウムクーヘン——僕もじゅんちゃんも、表面を覆《おお》う砂糖が白く固まっているところが大好きだった。

僕は襖を開けなかった。息をひそめ、足音を忍ばせて、布団に戻った。胸がどきどきしていた。おじさんとおばさんがなんのお礼を言って、お礼なのにどうして謝っているのかは、わからない。ただ、見てはいけないものを見てしまったような気がして、頭から布団をすっぽりかぶって全身を縮めた。おしっこのことは、だいじょうぶだいじょうぶ、と自分に言い聞かせながら無理やり目をつぶって……おねしょをしてしまった。

次の日、両親はおじさんとおばさんのことはなにも言わなかった。僕も知らん顔をして、おやつにバウムクーヘンを食べた。「まだたくさんあるんでしょ？　じゅんちゃんも呼んであげていい？」と言いたかったのに、言葉は喉につっかえたまま、どうしても出てこなかった。

小学校に入学した僕たちは同じクラスになった。席決めをするとき、担任の河合《かわい》先生は僕とじゅんちゃんをクジ引きからはずした。僕たちの席は最初から決められていた。最前列の窓際がじゅんちゃんで、その隣が僕。身長順に並ぶ朝礼のときも、クラスでいちばん小柄なじゅんちゃんが、真ん中あたりの僕のすぐ前に移された。

その後も席替えは何度かあったが、僕たちの席は動かなかった。朝礼のときだけでなく、体育で二人一組になるときも、社会科見学のバスの席も、お弁当を食べるのも、河合先生はいつも僕たちをコンビにした。

二年生になっても同じ。三年生に進級するときのクラス替えでも、僕たちは同じクラスになり、最前列の窓際とその隣の席に並んで座った。

休み時間にトイレをすませておくという、みんなと同じことができないじゅんちゃんは、授業中にしょっちゅう「おしっこ行きたい」と言いだした。そんなときは、いつも僕が付き添った。誰かがついていないと、じゅんちゃんは教室を出たきり帰ってこないかもしれないからだ。

じゅんちゃんは、テストのときにも「これ、なんて読むの?」「これ、どういうこと?」と問題文の漢字の読み方や言葉の意味を訊いてくる。僕はあわてて机をくっつけて、小声で教えてやる。そうしないとじゅんちゃんは騒ぐ一方で、クラスのみんなはテストを受けられなくなってしまうからだ。

じゅんちゃんがなにかのはずみで興奮して教室を飛び出したら、僕が真っ先に追いかける。授業中にいきなり大声で歌いだすじゅんちゃんを最初に止めるのも僕だったし、かけっこの途中で飽《あ》きて立ち止まってしまうじゅんちゃんのもとに駆け戻って、「ほら、オレと一緒に行こう、いっちに、いっちに」と手をつないでゴールするのも僕だった。

入学前のあの夜、おじさんとおばさんがお礼とお詫びを同時に言っていたのは、そういう意味だったのだ。

ちっとも迷惑ではなかった——と言えば、やはり嘘になってしまう。

じゅんちゃんと一緒だと、サッカーや野球に入れてもらえない。じゅんちゃんはすぐにサッカーのボールを手でさわってしまうし、野球のバットを持つとすぐに面白がってびゅんびゅん振り回してしまうから。じゅんちゃんと並んで町を歩いていると、すれ違うひとの視線がちらちらとこっちに向けられる。はしゃいだじゅんちゃんが、歩きながら手足をくねらせて踊っているときは、特に。

いいことなんてなにもない。給食の時間にじゅんちゃんが自分の好きなおかずを僕のぶんまで勝手に取って食べたときには本気で腹を立てたし、図工の時間にあとちょっとで完成する絵に落書きされたときには、じゅんちゃんの頭をポカッと叩いて大騒ぎになった。

でも、一つだけわかっていたことがある。じゅんちゃんは僕のことが好きなのだ。大好きで大好きでたまらないほど好きなのだ。

学校のテストにはほとんど落書きしか書かなかったじゅんちゃんは、そのくせテレビやマンガで知った難しい言葉はたくさん覚えていた。たとえば「相棒」。刑事ドラマで知ったのだろうか。じゅんちゃんは、僕のことを「相棒」と呼んでいた。「あいぼう」ときちんと発音するのではなく「あいぼー」と語尾を伸ばし、いつものふにゃふにゃの笑顔で、「あいぼー、おしっこに行こう」「あいぼー、パンちょうだい」「ビフテキって食べたことある？　あいぼー」……。

じゅんちゃんに「あいぼー」と声をかけられると、僕もうれしかった。「なに？」と振り向いて、あの幸せそうな笑顔を見ると、こっちまで頬がゆるんだ。

僕もじゅんちゃんが好きだった。おじさんとおばさんがじゅんちゃんを連れて、いろんな町のいろんな病院を回っているのを知っているから、好きだった。同じ団地の上級生の女子たちが、じゅんちゃんのことを「気持ち悪い」と言って避けているのを知っているから、好きだった。

それをほんとうに「好き」と呼んでいいのかどうかわからなくても、好きだった。

じゅんちゃんは星座の名前をたくさん知っていた。

お母さんに買ってもらった図鑑に出ていた星座はぜんぶ覚えていたし、その由来となったギリシア神話やローマ神話のストーリーも、質問すると考える間もなくすらすらと話してくれた。

たんに暗記しているだけではない。夜空を見上げると、すぐ、あそこにあるのがいっかくじゅう座、その真上がふたご座、南の空の真ん中にあるのがオリオン座で、いちばん大きく光っているのがペテルギウス……と、指を動かしながら教えてくれる。

いまにして思えば、じゅんちゃんが「あそこだよ」と指差す星が、ほんとうにその星座だったのかどうか、わからない。

「わかんない？　あいぼー、あそこだよ、あそこ、見えるでしょ？」

自慢したかったのかもしれない。

「見えないの？　あいぼー、目が悪いんじゃないの？　ばーか」

いばりたかったんだろうな、とも思う。

なにしろ、じゅんちゃんは、昼間でも星が見えると言っていたのだ。「ほんとだよ、ほんと。お日さまの近くはまぶしくてよく見えないけど、遠くのほうなら見えるんだよ」

ほらあそこ、そこにも、あっちにも、ほら、そこだよ、そこ……。

「見えないよお」と言うと、じゅんちゃんは悔しそうな顔になる。「ほんとに見えるのか？」と疑うと、さらに悔しそうに「ほんとだよ」と口をとがらせ、「うそだろ」と決めつけると本気で怒りだす。

もっとも、僕がすぐに調子を合わせて「あ、見えた」と言うと、それはそれで気に入らないのだ。「そんなにすぐ見えるわけないよ、あいぼー、うそつくなよ」――だから、しばらく「どこ？　どこ？」と探すふりをして、じゅんちゃんに何度も教えてもらって、じゅんちゃんがいらいらして怒りだす寸前に「あっ、わかったっ」と言わなければいけない。

まったく面倒だった。いまでも思うし、あの頃はもっと思っていた。

でも、その苦労も、じゅんちゃんの笑顔を見ると報《むく》われる。

「わかった？　見えた？　ね？　ね？　あそこだよ、あそこ」

空を指差したまま、僕を振り向いて笑うじゅんちゃんの顔は、ほんとうに、ほんとうに、幸せそうだったのだ。

じゅんちゃんは、星の中でも特に北斗七星が好きだった。「北斗七星」という漢字もカッコいいし、「ほくとしちせい」という音の響きもカッコいいから。

「ほら、あそこ、ひしゃくみたいな形の星座、あれが北斗七星」

得意そうに夜空を指差すじゅんちゃんに、少しだけ意地悪をして「ひしゃくって、なに？」と訊くと、じゅんちゃんはしばらく言葉に詰まったあと、ふてくされたように「ひしゃくは、ひしゃくだよ」と言う。

「じゃあ、ひしゃくって、どんな形？」

「……ひしゃくの形」

あそこだよ、と指差す先だって、日によって違う。最初に教えてくれたときにはベランダに出て夜空を見上げたのに、次の日には、玄関の外の廊下に出て「あれが北斗七星だから」と言う。

じゅんちゃんはそういう少年で、だから僕はじゅんちゃんのことが大好きで、ちょっとだけ嫌いだった。

三年生の一学期あたりまでのじゅんちゃんは幼稚園の頃と変わらず人気者だったが、

二学期に入ると教室の雰囲気が変わってきた。

じゅんちゃんが授業中に騒いでも、みんないままでのようには笑わない。また始まった、という顔になって、そっぽを向いたりうつむいたりしてしまう。

実際、じゅんちゃんはなにか冗談を言うわけではない。いきなり立ち上がって大声を出したり、すっとんきょうな声ででたらめな歌を歌ったり、ひょうきんな身振りで踊ったりするだけだ。いままではそれが面白かった。一つひとつの言葉やしぐさというより、恥ずかしいことを恥ずかしがらずに、やってはいけないことをやってしまう——じゅんちゃんはみんなとは違うんだ、ということを笑っていたのだ。

でも、それは、授業の邪魔《じゃま》になることと紙一重《かみひとえ》だった。

僕たちは少しずつ、じゅんちゃんの騒がしさを迷惑と感じるようになっていた。

勉強の内容が難しくなってきた。テストや宿題も増えてきたし、引き替えに、授業中に先生が冗談を言ってみんなを笑わせる回数が減った。授業中の教室が静かになればなるほど、じゅんちゃんは退屈する。体をもぞもぞさせて、机を太鼓《たいこ》のように手のひらで叩いて、やがて声をあげはじめ、誰にもかまってもらえないとよけい意地を張って大声を出しつづけ、最後は教室を飛び出してしまう。

追いかけようとする僕を、先生が「ああ、いいから、座ってなさい」と止めるようになったのも、二学期になってからだった。先生は黒板に自習用の問題をいくつか走り書きしてから、やれやれ、まいったなあ、という大きなため息をついて、一人でじゅんちゃんを探しに行く。

クラス担任は、山口《やまぐち》先生というまだ若い男性教師だった。マイペースすぎるじゅんちゃんの行動にいつも困っているのは、僕たちにもよくわかっていた。一年生と二年生のときの河合先生はベテランの女の先生だったから、じゅんちゃんを叱るときもお母さんみたいな言い方だった。でも、山口先生は本気で——というより、心の中のブレーキがはずれたような怒鳴り声をあげて、じゅんちゃんを叱る。グラウンドで遊ぶじゅんちゃんを教室に連れ戻すときの手の引っぱり方は、荒々しくて、不機嫌そのもので、ときには悔しさなのか情けなさなのか、目が赤く潤《うる》んでいることもあった。

でも、じゅんちゃんは懲《こ》りない。叱られている最中はおびえた様子で「ごめんなさい、ごめんなさい」と謝っても、しばらくたつとまたふにゃふにゃした笑顔に戻って、同じことを繰り返してしまう。

「じゅんちゃん、座ってなきゃだめだよ」

僕は何度も言った。「少し静かにしてろよ」とも言ったし、「うるさいんだよ、おまえ」とも、強い口調で言った。

みんなと同じことを、同じようにやってほしかった。じゅんちゃんがみんなから、うんざりしたり迷惑がったりする目で見られてしまうのが、嫌だった。

でも、僕だってほんとうは迷惑だと思っていた。うんざりもしていた。

でも、僕たちは「あいぼー」だった。

でも、僕はもう知っていた。じゅんちゃんは、大きくなっても、僕たちとは違うおとなになってしまうのだろう。

でも、一緒にいたい。

でも、一緒にいても、僕たちはもう、じゅんちゃんの歌や踊りにおなかが痛くなるほど笑うことはないだろう。

「でも」を何度繰り返せば正しい答えにたどり着けるのか、あの頃の僕にも、いまの僕にも、わからない。


教室に連れ戻されるのを嫌がったじゅんちゃんが山口先生の手に嚙みついたのは、二学期の終わり頃だった。先生のケガは軽かったが、腕っぷしのからきし弱い――そもそも「戦う」ということがピンと来ていないようなじゅんちゃんが、そんな反抗的な態度をとったのは初めてだった。

三学期は、おばさんが毎日学校に来るようになった。廊下から教室の中のじゅんちゃんの様子を見て、騒ぎすぎるようならおばさんが外に連れ出して、そのまま早退させる。じゅんちゃんが勝手に教室を飛び出してしまったときに校内を捜し回るのもおばさんの役目だった。

ときどき僕と目が合うと、おばさんは笑ってくれる。寂しそうに、申し訳なさそうに、泣きだしそうな顔で笑うのだ。

じゅんちゃんが学校をクビになるらしいという噂が流れたのも、三学期が始まって間もない、ちょうどその頃だった。


冬休みに、教育委員会のひとと校長先生がじゅんちゃんの両親を学校に呼んで、これからのことを話し合ったのだという。年が明けて学校が始まってからも、話し合いはつづいているのだという。

なんで――とは、僕たちの誰も思わなかった。やっぱりなあ、という顔になった友だちのほうが多かった。

四年生に進級すると、もっと勉強が難しくなって、じゅんちゃんのことがもっと迷惑になってしまうだろう。五年生、六年生、中学生……これからずっと、じゅんちゃんはひとりぼっちのままだろう。ひとりぼっちでも、じゅんちゃんは、ふにゃふにゃの笑顔で幸せそうに笑いつづけるのだろうか。

二月になっても、おばさんはじゅんちゃんの様子を見るために――見張りのために、学校に通いつづけた。

じゅんちゃんはおばさんの前でもおかまいなしに大きな声をあげ、授業中にうろうろと立ち歩く。やっぱりだめだ。じゅんちゃんは、もう僕たちと一緒にはいられない。僕にもわかったし、先生にはもっと早くからわかっていたのかもしれないし、おばさんにも、わかってしまったのだろう。僕と目が合っても、おばさんはもう笑わない。肩をすぼめ、背中を丸めて、いたたまれない様子で頭を下げるだけだった。ずいぶん痩せた。ウチの母よりも歳が若いはずなのに、白髪《しらが》が増えて、光のあたる具合によってはおばあさんのように見えてしまうことまであった。

学校にはおじさんも来た。教室を飛び出したじゅんちゃんをつかまえると、おじさんは廊下中に音が響きわたるほど強くじゅんちゃんの頬をぶった。そして、声を裏返して泣きわめくじゅんちゃんを抱きかかえて、そのまま家に連れ帰ってしまった。

廊下に出てそれを見送った山口先生は、自分までぶたれたように顔をゆがめて教室に戻ると、「はい、授業授業」と僕たちに声をかけ、無理やり笑った。

夕食のあとで部屋に入ってマンガを読もうとした僕が、母に「ちょっと、ここに座って」と呼び止められたのは、その翌日のことだった。

母は僕の正面に座った。正座をして、背筋を伸ばしていた。夕食の途中だった父も箸を置き、僕を黙って見つめていた。

「ほんとうのところを教えてくれる？」

母はそう前置きして、「とっても大事なことだから、正直に言って」と念を押した。

僕は小さくうなずいた。口の中が急に渇《かわ》いてしまった。

「じゅんちゃんのことだけど……どう？」

さすがに訊きづらかったのだろう、母はあいまいな言い方をして、助けを求めるように父を見た。

父も最初は何度も咳払《せきばら》いをするだけだったが、やがて意を決したように僕をあらためて見つめ、「授業の邪魔になってるんじゃないか？」と言った。

「じゅんちゃんが？」

「そう。いまはおばさんが一緒について行ってるけど、同級生から見てどうなんだ、おばさんがいないとやっぱり騒がしいのか、じゅんちゃん」

「……ちょっと」

おばさんがいても変わらないけど、とは言えなかった。

「ちょっとって、どのくらいだ？　先生の話が聞こえなくなるほどか？」

「……ときどき」

「正直に言えばいいんだからね」と母が口を挟んだ。

父は僕の緊張をほぐすように「おまえまで正座しなくていいよ」と笑って、「でもなあ」とのんびりした声でつづけた。

「じゅんちゃんだって、もっと騒ぎたいのかもな。それをずっと我慢してるんだったら、かわいそうかもな」

そうかもしれない。でも、そうではないのかもしれない。

「特別な学校に行ったら、じゅんちゃんみたいな子もたくさんいるし、もっと自由に、伸び伸びできるのかもしれないよな」

そうかもしれない。でも、そうではないのかもしれない。

「まあ、せっかくみんなと同じ学校に入って、あと残り半分なんだから、卒業まで一緒にっていうのもわかるけど……」

そうかもしれない。でも、そうではないのかもしれない。

父は「ちょっと難しすぎることを言うかもしれないけど、ごめんな、わかりやすく説明できないんだ」と僕に言った。その言葉じたい、まだ九歳の僕には難しすぎたが、黙ってうなずいた。

「要するに、じゅんちゃんにとって、どうするのがいちばん幸せなんだっていうことなんだよなあ、問題は」

幸せって言ってもわかんないか、と父はひとりごちて、「どうすればいつも楽しくいられるか、ってことだよなあ」と言い直した。

だったら答えは簡単だ。じゅんちゃんの笑顔が浮かぶ。じゅんちゃんはいつでも笑っている。うれしいときも、悲しいときも、寂しいときも、怒っているときも、笑顔以外の表情はない。僕たちはみんな、じゅんちゃんの笑顔しか知らない。でも、もう、じゅんちゃんがどんなに笑っても、笑い返す友だちはいないのかもしれない。

「このままだと四年生になっても席が隣同士になるし、五年生のクラス替えでも同じだから。これから勉強もどんどん難しくなるし、いまみたいに授業がストップしちゃうと、みんなの迷惑になるし、隣の席にいたら、いちばん大変だし……」

母はそう言って、「だから、素直に、正直に言ってほしいの」と身を乗り出した。

僕はうつむいてしまった。

なぜだろう、頭の中に、いろんなマンガのいろんな主人公の顔が浮かんだ。みんなカッコいい奴らばかりだった。男らしくて、勇気があって、友情を大切にして、こういうときには、きっと顔を上げて、正々堂々と……。

うつむいたまま、口を小さく動かした。

ちょっと、迷惑してる——つぶやくように言った。

母には聞き取れなかったようで、「え?」と返されたが、父は「うん、よし、わかった、うん、うん」と部屋にこもった重苦しさを振り払うようにさばさばと言って、「お風呂に入れよ、もう沸《わ》いてるだろ？」と笑いながら言った。

僕の言葉がなにかの決め手になったわけではないだろう。子どもの一言に大切なことを委《ゆだ》ねてしまうほど、おとなは無責任ではないし、残酷でもない——と信じている。

僕がなにを答えようとも、すでに結論は出ていたのだ。

じゅんちゃんは学校に来なくなった。給食のパンを届けに行ってもずっと留守で、郵便受けからあふれた新聞は、母が片づけていた。

じゅんちゃんの一家が県庁のある大きな市に引っ越すんだと母から聞いたのと、じゅんちゃんが転校するんだと山口先生から聞いたのは、どっちが先だっただろう。いずれにしても、三月に入って早々に団地の部屋は引き払われてしまった。

じゅんちゃんは最後まで学校には来なかった。

引っ越しのときにも姿を見なかった。

運送業者のひとと段ボールを運び出しているのは、おばさんだけだった。廊下で引っ越しの様子を見ている僕に気づくと、おばさんは「いままでありがとうね」と笑って、「これ、お別れにあげる」とエプロンのポケットから写真を一枚取り出した。まだ僕とじゅんちゃんが幼稚園に通っていた頃に、動物園でおばさんに撮ってもらった写真だった。

白黒の写真の中で、キリンを背にして僕と手をつないだじゅんちゃんは、やっぱりふにゃふにゃと、幸せそうに笑っていた。

じゅんちゃんは、元気ですか？

新しいウチの住所と電話番号を教えてください。

じゅんちゃんに、「さよなら」と伝えてください。

訊きたいことや伝えたいことはたくさんあるのに、言葉にならない。写真の中の僕たちを見つめたまま、顔を上げられない。

運送業者のひとに「すみませーん、奥さん、ちょっといいですかあ？」と呼ばれたおばさんは、じゃあね、と家に駆け戻った。僕はおばさんのいなくなった廊下にぺこんとおじぎをして、自分の家に戻った。

それっきりだった。

おじさんとおばさんが引っ越す前に離婚をしたということは、ずいぶんあとになってから母に聞かされた。でも、そこから先のことは、父も母もなにも知らなかった。

じゅんちゃん、きみはいまどこにいるのだろう。仕事に就《つ》いて、結婚をして、もう子どももいるだろうか。じゅんちゃんなら、きっと優しいお父さんになる。そうであってほしい、と思う。

あのふにゃふにゃした笑顔でわが子を見つめるじゅんちゃんを、もうおばあちゃんになったおばさんも、うれしそうに見つめる——そんな光景を思い浮かべることぐらいは、きみと「あいぼー」でいられなかった僕にもゆるしてもらえないだろうか。

じゅんちゃんがいなくなったあと、僕たちはみんな同じように大きくなって、おとなになった。でも、中学時代にも、高校時代にも、大学に入ってからも、じゅんちゃんみたいにみんなと同じことができずに、そこで置いてきぼりになってしまう奴はいた。ずっと「同じ」でありつづけた僕たちも、おとなになったいまは「一緒」ではない。どうせこうなるんだと最初からわかっていたなら、じゅんちゃんのように「違う」友だちもずっと「一緒」にいればよかったのに、という気もするのだ、いまは。

じゅんちゃん、元気か？

幸せか？

僕たちはお別れができなかった。再会することもできなかった。たぶん、これからも、きみは僕の記憶の中でだけ、ふにゃふにゃと笑って、「あいぼー、あいぼー」と声をかけてくれるのだろう。

最後に二人で星を見たのは、二月に入って数日たった頃——おばさんが心配そうに学校の廊下にたたずむようになった頃だった。

僕たちは団地のベランダに出て、部屋の仕切り板を挟んで左右に分かれて夜空を見上げたのだ。

じゅんちゃんは、いつものように北斗七星の位置を僕に教えてくれた。

「ほら、あそこと、あそこと、あそこと、あそこ……あいぼー、見えてる？」

僕もいつものように、しばらく「うーん、どこ？」と探してから、「あった、わかったっ」と声をあげた。

じゅんちゃんは手すりに抱きつくようにつかまって、仕切り板からひょいと顔を出した。僕も顔を出して、二人で笑った。

じゅんちゃんは、自分がやったことや言ったことをすぐに忘れてしまう。ゆうべは廊下に出て北斗七星を教えてくれたのに。

しょうがないなあ、と仕切り板から顔を引っ込めて笑った。しょうがないなあ、ほんと、と笑っていたら、おばさんの顔を思いだして急に悲しくなった。

どんどんどん、と仕切り板を乱暴に叩いた。

「あいぼー、なに？」

のんきな声の返事を聞いて、もっと悲しくなってしまった。泣きたくなる悲しさではなく、怒りたくなる悲しさだった。

だから、僕は仕切り板をにらんで言った。

「うそつき」

じゅんちゃんは「はあ？」と聞き返した。板に隠れていても、きょとんとした顔が思い浮かんだ。

「こっちは南だから、北斗七星なんか見えないんだ、見えるわけないんだ、ばーか、うそつき」

悲しいから怒った。好きだから、嫌いになった。

でも、じゅんちゃんは怒り返さなかった。ひょっとしたら泣きだすだろうかとも思っていたが、はなを啜る音も聞こえてこなかった。

かわりに、あははっ、と笑った。

「こっちにもあるんだよ、あいぼー、知らなかった？」

だってほら、あそこだよ、あそこ、ひしゃくの形してるんだよ、北斗七星って、あそこ、あそこ、ひしゃくの形になってるだろ……。

仕切り板の外に、じゅんちゃんの腕が見える。人差し指が見える。

北斗七星は南の空には浮かんでいない。どんなに探しても見つかるわけがない。

でも、悲しいまま見上げた夜空の星は、あれと、あれと、あれを結べばひしゃくになり、それと、それと、それをつないでいっても、やっぱりひしゃくの形になった。ひしゃくはたくさんある。大きなひしゃくも、小さなひしゃくも、縦長のひしゃくも、横長のひしゃくも……。星をどんどんつないでいけば、北斗七星もどんどんできた。

あははっ、と僕も笑った。「ほんとだ」と夜空を見上げて、白い息を吐きながら言った。

「だろ？　だろ？　あっただろ？」

「うん、あったあった、北斗七星、こっちにもあった」

僕は仕切り板の外から、じゅんちゃんに手を差し出した。じゅんちゃんは、その手をぎゅっと握り返してくれた。

悲しかった。さっきよりずっと悲しくなった。でも、それは、怒りたくなる悲しさでも泣きたくなる悲しさでもなく、ふにゃふにゃと笑うのがいちばん似合う悲しさだったのだ。


じゅんちゃん。

僕はいまでも、星のきれいな真冬の夜空を見上げると、きみのことを思いだす。

僕たちはみんな、同じ星空を見ている。

じゅんちゃんが星をつないでつくる星座は、僕たちがつくる星座とはちょっと違っていたのだろう。いまでも違ったままかもしれない。

でも、僕たちが見ている星空は同じだ。

ゆうべも星を見た。小学五年生の次女が理科の宿題でオリオン座を観察するのに付き合って、夜空を見上げたのだ。

オリオン座を見つけたあと、「北斗七星って知ってるか?」と星を指差して教えてやった。

ほら、あそこと、あそこと、あそこと、あそこと……。

ちょっと横長のひしゃくが、北の空のてっぺんに浮かんだ。

バレンタイン・デビュー

二月に入ってから、「その話」は口にしないよう、妻の芙沙子《ふさこ》と決めていた。新聞や雑誌に「その話」が出ていたら、息子の達也《たつや》の目に触れる前に片づける。テレビも、「その話」が出てきそうな——たとえば恋愛ドラマや情報番組にはチャンネルを合わせない。

「でも、そういうのって、かえって不自然じゃないの？」

娘の優美《ゆみ》はあきれ顔で言う。芙沙子も「家の中でどんなにガードしても、街を歩いたらすぐに目に入っちゃうわよ」と苦笑する。私自身、ちょっと神経過敏《かびん》かな、という気もしないでもない。

それでも、譲るわけにはいかない。父親として、というより「男子《だんし》」の先輩として、達也に悲しい思いをさせたくない。

「いいか、ちょっと聞け」

達也が風呂に入っている間に、芙沙子と優美を呼び寄せた。

「このまえも言ったけどな、つらいんだよ、ほんとにあの日は……お父さんには、よーくわかるんだ」

「モテなかったから？」

優美が訊く。答えをわかっているくせに。女子大生といえば「ブリッコ」だった時代に青春を送った私には、いまどきの女子大生の辛辣《しんらつ》な意地悪さがどうしても受け容《い》れられない。ニッポンは、いつからこうなってしまったんだ？

「モテない男子にはつらいよね、それは、うん、わかるよ、お父さんの気持ち」

ムッとしながらも否定はできない。ああそうだよ悪かったな、と私はしかめつらで答え、そんな私を見て優美と芙沙子は、やれやれ、と笑う。

「大学生の頃はよかったんだ、下宿で一人暮らしだったから。一番キツかったのは、やっぱり高校時代だったんだよ。家に帰るだろ、親父やおふくろがいるだろ、妹もいるだろ、みんな知ってるんだよ、今日がなんの日か。でも、なにも言わないんだよ。こっちから言うまで、みんな黙ってるんだよ。そのときの沈黙の重苦しさっていったら、おまえ、ほんとになあ、お父さん、四十六年間生きてきて、あれほどのプレッシャーって感じたことなかったんだぞ……」

あの頃はまだ「昭和」だった。高校生の男子の大半は、さほど女の子にモテることにこだわってはいなかった。むしろ、必要以上に――要するに何人もの女の子からモテてしまう奴のほうが、なんとなく肩身の狭《せま》い思いをしていたものだった。

しかし、そんな頃でさえ、バレンタイン・デーだけは特別だった。モテない男子はわが身の現状を思い知らされ、男としてのどうしようもない敗北感にさいなまれてしまう。

達也も、きっとそうなる。

親として認めるのは悔しいが、達也はモテない。子どもの頃からずっとそうだった。男子の友だちはそこそこいるのに、女子にはまったく縁がない。ニキビだらけの中学時代をへて、モテないなりに髪形や服装をやたらと気にするようになった高校一年生を終え、今年は高校二年生――過去のバレンタイン・デーで獲得したチョコは、「義理」も含めてゼロ。まったくもってゼロ。きれいさっぱりゼロ。もののみごとにゼロ、なのである。

「ねえ、やっぱりお母さんとわたしだけでもチョコ贈ってあげようか?」

違うのだ。優美にはなにもわかっていない。誰からもチョコをもらえずに帰宅して、母親からチョコをもらうときの悔しさと情けなさと恥ずかしさといったら……寝床の中でそれを思いだすと、私はいまだに掛け布団を頭からかぶりたくなってしまうのだ。

「よけいなことはしなくていいんだ。とにかく、知らん顔だ、知らん顔。平常心だ。いいな」

「ねえ、あなた、じゃあ晩ごはんは達也の好きなオカズに……」

「やめとけ、やめてくれ、頼む、それだけはやめてくれ」

「お父さん、わたし、匿名《とくめい》でこっそり郵便受けに入れといてあげようか？」

「バレるんだよ、それ。ほんとに、おそろしいほど勘が鋭くなるものなんだ、バレンタイン・デーのモテない男子ってのは」

すべてが身をもって経験済み――というところが、われながら情けない。

大学四年生のときに芙沙子と出会うまで、通算二十一年間チョコなしという父の記録を、わが息子よ、おまえはやがて更新《こうしん》してしまうのだろうか……。


二月十四日。達也はふだんどおりに家を出たらしい。朝食をとっているときもいつもと比べて変わった様子はなかった、と仕事から帰宅して芙沙子に聞いた。

「帰りは何時頃だって？」

「今日はバイトのあとで予備校だから、九時過ぎになるんじゃない？」

なるほど。週に二日のコンビニのバイトと、週に一日通っている予備校の現役コースの授業が重なったわけか。他の日に比べると、チョコを受け取るチャンスは多い。しかし、そのチャンスの多さは、諸刃《もろは》の剣《つるぎ》である。収穫がなにもなかったときの落ち込みは、そのぶん深くなってしまうのだから。

「ねえ……ちょっと考えすぎなんじゃないかと思うんだけど」

ないの？」
「来年の受験のこととか、親として考えなきゃいけないことは、もっと他にあるんじゃ
「そんなことないよ」

「受験も大事だよ。でも、バレンタイン・デーだって大事なんだよ」
いま振り返ってみると、滑稽《こっけい》でしかない話だが、高校時代の私は本気で、自分には一生カノジョはできないかもしれないと心配していた。同級生の友だちにカノジョができると、表面上は「よかったな」と祝福したり、あるいは「ひょうひょうっ、モテる男はつらいねえ！」なんて陽気にからかったりしながら、心の中では、どうしようどうしようどうしよう、俺だけいないよ俺だけ一人だよ俺だけモテないよ、とあせっていた。

もしもあの頃、目の前に神さまが現れて、「大学に現役で受かる斧《おの》」と「カノジョができる斧」を見せられ、「どっちを選ぶのじゃ、おまえは」と訊かれたら……私は、ためらうことなく「カノジョ」を選んでいただろう。

「でも、それ、スジが違うんじゃない？」と優美が口を挟んだ。「だって、ふつうは好きな子がいるから、その子をカノジョにしたいわけでしょ。最初に『カノジョが欲しい』があるのって、不純だよ、動機が」
「人間というのはそこまで強くないんだよ」
「なに大げさなこと言ってんの……」

「いいから黙って聞け。これはな、難しく言えば、通過儀礼《つうかぎれい》みたいなものなんだ。一丁前《いっちょうまえ》の男になるためには、カノジョがいなくちゃいかん。特別に付き合ってるカノジョじゃなくても、とにかく女の子の誰か一人でもいいから、自分のことを好きになってくれる子がいないと、男として一丁前じゃないんだよ」

「子孫を増やすため？」

「それもある。でも、それだけじゃない。ほら、よくテレビでやってるだろ、アフリカとか南太平洋とか南米とかの部族で、男の子は何歳になったらバンジー・ジャンプをやらなきゃいけなくて、それができないうちは子ども扱いだ、っていうの。バレンタイン・デーも同じなんだ。人類の半分以上は女なのに、誰からもチョコをもらえないなんて、半人前としか言いようがないだろ？」

「やだぁ、男子ってそんなに重いこと考えてるの？」

唖然《あぜん》とする優美に、芙沙子が横から「お父さんだけよ」と言った。

「わたし、ちょー気軽に義理チョコ配ったよ」

「義理でもいいんだ、なんでもいいんだ、肝心なのは『もらった』っていう実績なんだよ。それが自信になって、その自信が行動にもにじんできて、自信にあふれた行動はやっぱりカッコいいわけだから、だんだんモテるようになって……」

ホップ、ステップ、ジャンプなんだ、と力んで言う私に、芙沙子と優美はそろってため息をついた。

「ねえ、お母さん……なんで、こんなひと結婚相手に選んだの?」

優美がつくづくあきれはてた顔で訊く。

芙沙子も、ため息交じりに苦笑して「さあ……」と首をかしげる。

ほっといてくれ。


風呂に浸《つ》かりながら、それにしても、と考えた。それにしても——おとなになるまでの私は、どうしてあんなに、次から次へと不安に駆られていたのだろう。

自転車に乗る練習をしているときには、一生自転車に乗れないままなんじゃないかと思い、鉄棒のさかあがりの「できない組」に入れられたときには、一生さかあがりができないままなんじゃないかと思っていた。

リコーダーもそうだ。九九だってそうだった。水泳のとびこみ、靴紐の結び方、フォークダンスの振り付け、ギター、電動のこぎり、英語の仮定法過去完了、東京の地下鉄の乗り換え……「できる組」の連中はそれを軽々とこなしているのに、自分はできない。最初は多数派だった「できない組」が、一人また一人と「できる組」に移っていき、最後の数人になってしまったときのあせりと不安は、いま振り返ってみてもぞっとするほどだ。

もっとも、「一生できないまま」のものは、なにもなかった。たとえひとより多少時間はかかって、うまい奴に比べるとずっとぎごちなくても、「できなかったこと」もいつかは「できること」に変わってくれる。「できないままのもの」が残っても、生き死ににかかわらなければ、それもよし。おとなになった私は、わかっている。そんなに心配することないんだぜ、とあの頃の自分に声をかけてやりたくもなる。

でも……必死だったんだよなあ、と苦笑しながら、髪を洗った。シャンプーが目にしみないように髪を洗うことだって――小学生の私には、なかなかできなかったのだ。

九時を回った頃、チャイムとともに玄関のドアが開いた。

「ただいまぁ……」

ふだんどおりの声――いや、微妙に、元気がなさそうに聞こえる。

芙沙子はそれを察して一瞬困った顔になったが、私は逆だ。おおっ、と胸が高鳴った。落ち込んで帰宅するときには、むしろふだん以上に元気に「ただいま」を言うものなのだ。声が沈んだように聞こえるのは、思わずほころんでしまう頬を無理やりひきしめているから、なのかも、しれない、という可能性も、なきにしもあらず、だろうか？

いかんいかん、平常心だ平常心。

芙沙子と優美に目配せして、何度も読み返していた夕刊をまた広げた。

達也が居間に入ってくる。芙沙子と「お帰り」「ただいま」を交わし、優美とも同じように挨拶を交わす。

「ただいま」――私に一言。

「おう、お帰り」――私も、夕刊から目を離さずに一言。

達也は、戸口に立ったまま、バッグのファスナーを開けた。

「あのさ……」

ぼそっと、不機嫌そうに言う。

「これさ……オレ、食わないから、食う？」

取り出したのは、赤いラッピングの小さな箱だった。

芙沙子が、うわずった声で「なに？」と訊いた。

「よくわかんないけどさ、チョコが、チョコなんじゃない？　どうでもいいけど」

来たのか。ついに、おまえにも来たのか。

「義理？」――優美、おまえという奴は……。

達也はあっさりと「そうだよ、店長のおばちゃんからもらったんだから」と言った。

そうか……。拍子抜けしかけたが、いや、半歩前進だ、と思い直した。いまおまえに肝心なのは実績なんだ。自信のモトなんだ。

「達也は食べないの？　せっかくもらったんだから食べればいいのに」

いやいや、そうじゃないんだ、芙沙子。家族に渡すところが喜びなんだ、わかってやれ。

「最初で最後かもしれないんだから、食べればいいじゃん」——優美、おまえは少し黙っていなさい。

だが、達也は怒らなかった。ぶっきらぼうに、「オレのはあるから、そっち、みんなで食っていいよ」と言って、そのまま自分の部屋に入ってしまった。

私と芙沙子は顔を見合わせる。やったあっ、と声を出さずに快哉《かいさい》を叫んだ。芙沙子も、無言で力強くうなずいた。ついにわが息子、バレンタイン・デビューである。

「しょーがないなあ、ほんと、親ばか」

両親を冷ややかに見ていた優美に、電話がかかってきた。ケータイを開いて発信者を確認した優美は、妙にいそいそと立ち上がり、電話に応えながら部屋を出て行った。

「開けてくれた？」

いまの声はなんだ。ふわっと綿毛が舞うような、この軽くてまるくてやわらかい声は、いったいどこから出てくるのだ。

私は再び芙沙子と顔を見合わせる。芙沙子はどうやら優美の「本命」の相手を知っているらしく、おい、おい、いまの、いまの、と口をわななかせる私をなだめるように「そりゃあもう、お年頃ですから、ウチの長女も」とすまし顔で言った。

「いや、でも、まだ大学生なんだし……」

「もう大学生でしょ?」

はい、これ食べてストレス解消しなさい、と芙沙子は達也がもらった義理チョコを差し出した。

コンビニでふつうに売っている、まさに義理専用の安いチョコである。サイコロの形の、四個入り。なんの変哲《へんてつ》もないチョコである。

「なあ……今日の俺、カッコ悪かったかなあ。やっぱりカッコ悪いっていうか、情けない父親だったかなあ……」

私はため息交じりにチョコに手を伸ばす。

「カッコ悪かったけど、いいんじゃない? 子どものことであたふたしちゃうのも、あと五、六年なんだから」

「うん……そうだよな……」

胃薬を服《の》むような気分で、チョコを口に入れた。ほろ苦さと、ちょっと懐かしい甘さが、口の中と胸に広がっていった。

「達也はなにやらせても要領の悪いところあるから、これからいろんなことで苦労しちゃうかもね」

確かに芙沙子の言うとおりかもしれない。「真面目にコツコツやってはいるんだけどなあ……」と私はうなずいて、ニッポンはいつからそういうタイプの人間が損をする国になってしまったのだろう、とワイドショーのコメンテーターのようなことも思いながら、また一つ、ため息をついた。

「まあ、でも」

芙沙子は思いだし笑いを浮かべて、「さっきのあの子の顔、ちょっといつもよりカッコよかったね」と言った。親ばかなのである、カミさんもまた。赤ちゃんの頃の達也は、しょっちゅう熱を出していた。あんよも、おしゃべりも、トイレを覚えるのも、まわりの子より遅れ気味だった。今日のように達也のことでドキドキする体験は、たぶん、私よりカミさんのほうがずっと豊かだろう。

「男の顔がカッコよくなるのは、これからだよ。人生が顔をつくっていくんだ」

眉間《みけん》に皺を寄せて言ったが、あっさり無視された。

「どんな子なんだろうね、チョコくれた子って」

「うん……」

そこなのだ、今後の問題は。

一歩前進――なのか、さらに深みにはまってしまったのかはともかく、息子にかんする心配事は次の段階に入ったのだろう。そして、二階からかすかに聞こえてくる優美の声の調子からすると、わが家の娘にかんする心配事は、どうも、その、親の考えている段階より先に進んでいそうな気もする。

「優しい子だといいね、その子」

「優しいよ、達也にチョコくれるんだから」

義理じゃないよな、だいじょうぶだよな、「友だちのなんとかクンに渡して」と言われたのを勘違いして持ち帰ったわけじゃないよな、毒なんか入ってないよな、いじめじゃないよな……。

「ほら、また勝手に妄想《もうそう》してる」

芙沙子に軽くにらまれ、私はチョコをもう一つ口に入れた。

そういえば、芙沙子からのチョコはまだか――？

優美からのチョコはないのか――？

まあいい、まあいい、みんな元気で幸せならそれでいい、とうなずきながらチョコを嚙みしめる。さっきよりもほろ苦さの増したチョコは、それでも、口の中でなめらかに溶けていった。

サクラ、イツカ、サク

おい、とマルオ先輩に肩をつかまれた。

「あそこの二人組、狙うぞ」

先輩が指差した先には、不安そうな顔で掲示板の前にたたずむカップルがいた。

「よく見てろよ、タイミングが勝負なんだからな」

「……はい」

「早すぎてもダメだし、遅すぎてもダメだ。いいか、いまは顔がこわばってるだろ。それがふわっとゆるんだ瞬間にダッシュだからな」

僕は黙ってうなずいた。すでに他のコンビは仕事にとりかかって、どんどん成果をあげている。朝寝坊したマルオ先輩と組まされた僕も、遅ればせながら参戦する。ノルマはコンビで三万円——この数字をクリアできないと、来週からの春合宿は野宿《のじゅく》になってしまう。

カップルは、手に小さな紙を持っていた。その紙と掲示板に並んだ数字を見比べて、先にオトコのほうが、つづいてオンナも、頬がふわっとゆるんだ。

「よし、行こう」

マルオ先輩はダッシュした。すみませーん、すみませーん、と謝りながら人込みを掻《か》き分けて、掲示板に向かう。僕もあわててあとを追いかけた。

掲示板の前で、アベックは満面の笑みを浮かべて、手を取り合っていた。

そこにマルオ先輩が割って入る。

「合格おめでとうございます！　城北大学名物、バンザイ隊でございます！」

きょとんとする二人に、「一生一度の思い出にバンザイ一回五十円、十回で五百円、二人で唱和いたしますので、実質二倍！　たいへんお求めやすくなっております！」と早口でまくしたてて、「何回にしますか？　十回？　二十回？　はい二十回、ご成約ーっ！」と一方的に決めて、向こうが「あ、あの、ちょっと……」と止める間もなく、僕に目配せして二人でバンザイを始める。

「合格バンザーイ！　バンザーイ！　バンザーイ！」――で、百五十円。

「バンザーイ！　バンザーイ！　バンザーイ！　バンザーイ！」――で、合計四百円。

最初は戸惑っていたカップルも、途中からはまた笑顔に戻った。それはそうだ。受験勉強の苦労が報われた瞬間なのだ。いままで生きてきたうちでも一、二を争うほどの幸せな瞬間なのだ。少々の出費も、ご祝儀《しゆうぎ》というか縁起物というか……しかも、カップルだし。

「はい、合計二十回、千円、毎度ありがとうございました！」

マルオ先輩は受け取ったお金を封筒に入れて、また人込みの外に出た。

「幸先《さいさき》いいな、この調子なら三万円、楽勝でいくんじゃないか？」

「そっスねえ……」

他のコンビも順調に売り上げを伸ばしている。うまくすれば、春合宿の費用だけでなく、合宿後にクランクインする新作映画の予算にも少し余裕ができるかもしれない。

大学当局からは「一歩間違えれば恐喝《きようかつ》だぞ」と目をつけられ、胴上げ隊をつくっているアメフト部や柔道部のコワモテ連中からも「商売の邪魔するんじゃねえぞ！」と脅《おど》されているものの、ビンボーな映画サークルとしては、背に腹は替えられない。

「今度はあいつだ、あのメガネのボクちゃん。なんとなく金持ちっぽいから、三十回ぐらいOKなんじゃないか？」

「そっスね」

「よし、笑った、行けっ、ダッシュ！」

一時間足らずのうちに二万円近く稼いだ。夕方までにはまだ時間はたっぷりある。ノルマ達成は、ほぼ確実だ。

マルオ先輩も一息ついて、人込みから離れたベンチに僕を誘った。

「どうだ、懐かしいだろ」

先輩がおごってくれた缶コーヒーを啜って、「そっスね」とうなずいた。「ちょうど一年前ですもんね……」

「いばんなよ。オレなんか八年前だぜ」

僕は四月から二年生になり、先輩は三月に、丸八年通いつづけたキャンパスを去る。正確には放り出されてしまう。四年生を五度繰り返したすえに、結局卒業できないまま在学期間のリミットに達し、自動的に退学処分になってしまうのだ。授業そっちのけで映画とアルバイトに打ち込んだせいで人生ぶちこわしだよ——先輩は酒を飲むと情けなさそうに、でも、どこかうれしそうにぼやく。

一年前の合格発表では、僕はお金を払う立場だった。掲示板に自分の受験番号を見つけた直後、長髪にひげもじゃの学生がいきなり目の前に現れて、いきなりバンザイを始めた。それがマルオ先輩だったのだ。

「おまえのときはひどかったよなあ。三十回もバンザイやらせといて、『カネ、持ってません』なんだから」

「なに言ってんスか、勝手にバンザイして千五百円出せって、犯罪っスよ」

地方から出てきたばかりの僕は、「都会」というものに必要以上に身構《みがま》えていた。財布の中に千五百円ぐらいのお金はあったが、意地でも払いたくなかった。「払え」「イヤだ」の押し問答がつづいたすえに、マルオ先輩は「じゃあ三十回分、バンザイを手伝え」と言いだして、そのワケのわからない解決の仕方がなんともいえずおかしかったので、僕はすぐにバンザイ隊に入って、「おまえのバンザイはなかなかスジがいいよ」とワケのわからない褒められ方をして、なんとなく、そのまま、成り行きで、先輩が名誉部長をつとめる映画サークルに入ってしまったのだ。

「よし、じゃあそろそろ後半戦いくか」

「そっスね」

「もうコツはつかんだだろ。今度はおまえがお客さん見つけてこいよ」

「オレっスかあ?」

「だって、来年はもうオレはいないんだぞ。バンザイ隊の伝統はおまえらが守るんだよ、わかったな」

ほら、がんばれ、と背中を押された。

「ここで待ってるからな」とベンチに座ったまま僕に手を振るマルオ先輩の笑顔は、なんとなく寂しそうに見えた。

一年目の大学生活は、教室にいるよりも映画サークルの部室にいる時間のほうがずっと長かった。単位はほとんど取れず、早くも留年の恐れがちらつきはじめた。

なにやってるんだろうなあ、オレ――。

映画サークルに入っているといっても、将来この世界でメシを食いたいというほどの思い入れはない。もしも合格発表のあの日に知り合った相手がアメフト部の部員だったら、いまごろはヘルメットをかぶってグラウンドを走り回っていたかもしれない。いいかげんなものだ。自分でも、ちょっと情けない。

なんのために東京に出てきて、なにをするために大学に通っているのか、質問されても答えられない。みんなそうだよ、と自分に言い訳しながら、心の深いところで、ヤバいよヤバいよ、とあせってもいる。

東京にはだいぶ慣れた。マルオ先輩たちの「一年生、ロケハンしてこいよ」「オレの代打でバイト行ってこい」という気まぐれな命令に備えて、バッグの中にはポケット版の東京マップが入っているが、それはただの保険というか、お守りのようなものだ。山手線の駅名はぜんぶ順番どおりに言えるし、地下鉄や私鉄の乗換駅もだいたいわかる。ただ問題は、「自由にどこに行ってもいいぞ」と言われたときには、どこ行きの電車に乗ればいいのかわからない、ということなのだ。

掲示板の前の人込みに足を踏み入れながら、誰にともなく、心の中で訊いた。

おまえら、どう——？

ちゃんと夢とか目標とかやりたいこととか、持ってる——？

まあ、べつにそんなものなくても生きていけるけどさ、と一人で苦笑して、周囲を見回した。

こういう言い方をするのはアレだが、ウチの大学はそこそこのレベル以上の名門校だ。偏差値も高いし、受験生の人気も高い。今日合格発表のある学部も八倍を超える競争率だったらしい。単純に計算すればバンザイのお客さんは八人に一人以下ということになるのだが、その比率が信じられないほど受かった連中の歓声はデカい。その場に跳び上がって喜ぶ奴もいるし、付き添いの友だちと抱き合う奴もいる。父親の胸に顔を埋《うず》めて泣いている女の子はともかく、母親に抱きついて涙する男子を見かけたときには、さすがにウゲッとなった。

おまえら——。

また、誰にともなく声をかけたくなった。

そんなにうれしい——？

一年前の僕は違った。もともと熱烈に志望していたというわけではなく、偏差値から、このあたりだろうな、と決めた大学だった。受験勉強はそれなりにがんばったつもりだが、石にかじりついても、という感じではなかった。東京への憧れはそれなりにあっても、男一匹、花の都の大東京で勝負してやる、というほどの意気込みはない。掲示板に自分の受験番号を見つけたときのうれしさも、それなりだった。ノルマをこなして〈済〉のゴム印を捺《お》してもらったような淡々とした気分だった。もしも受験に失敗していたとしても、意外と冷静なまま予備校の入学手続きを取っていただろうな、と思う。少なくとも……泣くなよ、そこのボク、男が涙ぐむほどのことじゃないだろ、ふてくされて「信じらんねーよ、なんだよそれ、ワケわかんねーよ」とガキみたいな文句を垂れながら泣くことはないだろ、泣くことは……。

そんなに悔しい――？

そんなに悲しい――？

一年前の僕なら、冷ややかに笑うだけだろう。でも、いまは、悔し涙にくれる青年からつい目をそらしてしまう。その隣でガッツポーズをつくる奴からも、逃げるように顔をそむけてしまう。

いまの僕が去年の僕をこの場所で見かけたら、意地でもバンザイなんかしてやらない。頼まれてもやらない。割増料金を払うと言っても断る。で、バンザイの代わりに言ってやるのだ。

おまえ、一年たったら後悔してるぞ、寂しくなってるぞ、オレ、知らないぞ――。

「おい、なにボーッとしてるんだよ」

後ろからマルオ先輩に肩を小突《こづ》かれた。「ほんとに使えない奴だよなあ、早く客を見つけてこいって、待ってたら寒くて風邪ひいちゃうだろ」

「……すみません」

「早くしないと、そろそろタカ研の花吹雪隊が来るぞ」

タカ研とは、宝塚研究会のことだ。代々受け継がれている花吹雪の派手な舞わせ方は、バンザイ隊や胴上げ隊にとっては大きな脅威《きょうい》だった。もっとも、派手なぶんゴミの始末が学内で問題になり、数年前から営業時間は「正午を挟んで前後一時間ずつ」と制限されている。短い時間で集中的に稼ぐべく、今年のタカ研はお客さん一人あたりバケツ一杯の花吹雪を用意しているのだという。

「あいつらが来たら、一発で場をさらわれちゃうぞ。見た目でいちばん地味なのはオレらなんだから」

と言われても、いったん気持ちが逃げ腰になってしまうと、合格した連中を見つけても、「はいどーも、おめでとうございまーす！」と駆け寄る第一歩がなかなか踏み出せない。

「マルオさん、ちょっともう一回、お手本見せてくださいよ」

「なに甘いこと言ってんだよ、こんなのお手本もなにもないんだよ」

「いや、でも、ほら、マルオさんの技を見るのも、今年が最後なんスから。オレ、目に灼《や》きつけておきたいんスよ」

そうかあ、と先輩の頬が照れくさそうにゆるむ。しょーがねえなあ、と周囲を見回しはじめる。単純なひとだ。

「こういうのは釣りと同じなんだ」

「はあ……」

「魚がエサをくわえる前に竿《さお》を上げてもだめだし、遅すぎると逃げられる。こう、かかった、っていう瞬間に一気に上げるわけだよ」

よく考えたらそんなの当然の理屈だったが、なるほど、と素直にうなずいた。

「で、もっと肝心なのは、釣り場だ、ポイントだ。魚影《ぎょえい》の濃そうなところを狙わないと意味ないからな」

先輩はそう言って人込みを掻き分け、狙いをつけた女の子の後ろにそっと近づいた。まじめでおとなしそうな、いかにも田舎から出てきたばかり、という感じの子だった。強引にバンザイを始めれば、きっと断ることはできないだろう。ただし、二十回で千円というのは難しいかもしれない。十回で五百円ぐらいなら、なんとかなるか。

彼女は右手に受験票を持ち、左手に神社のお守りをぎゅっと握りしめていた。掲示板を見るのが怖いのか、まだうつむいている。

いいか、頬がゆるんだ瞬間だぞ、とマルオ先輩は僕に耳打ちして、彼女の斜め後ろから表情の変化をうかがった。

　やがて彼女は顔を上げた。覚悟を決めたように、キッと目を見開いて掲示板を見つめ、そして頬がわずかにゆるんだ。

「おめでとうございまーす!」

　先輩はすかさず彼女の前に躍《おど》り出て、声を張り上げた。

「城北大学名物、バンザイ隊です!　合格の記念にバンザイいかがですか?　一回五十円、心を込めて叫ばせていただきます!」

　彼女はおびえたように顔をゆがめた。

　僕たちを見つめる目には、合格の喜びは——まるでなかった。

　あれ?　と思う間もなく、その目から涙がこぼれ落ちた。

　うなだれた顔を両手で覆《おお》った彼女は、肩を震わせて泣きだした。ひどい、ひどい、ひどい、ひどい……としゃくりあげた。

　僕と先輩は顔を見合わせた。血の気がひく、という感覚が生まれて初めてわかった。

　彼女の手からお守りが落ちた。あわてて拾い上げて、気づいた。このお守り、僕のふるさとと同じ県にある神社のものだった。

　バカ、止めろよオレを、なにやってんだよ、とマルオ先輩は口の動きだけで僕にやつあたりして、ついでに頭まで一発はたいた。

理不尽な話だった。しかも、泣きやまない彼女をさっきのベンチに座らせてから、先輩は「ちょっと、オレ、ジュース買ってくる、お詫びのジュース、おごる、な、そーゆーことで」と生協の売店にそそくさと向かってしまった。なんてひきょうな先輩なのだろう。こんなので大学を放り出されたあと、社会人としてやっていけるのだろうか。

しかたなく、彼女の隣に座った。通りかかる連中が好奇心をむき出しにしてこっちを見る。ミョーに察しよく、落ちたんだなかわいそうに、という同情の目を向ける奴にかぎって、入学手続きの封筒を誇らしげに小脇《こわき》に抱えている。

「……ごめんな、ほんと、悪かった」

彼女は顔を手で覆ったまま首を横に振る。まだ泣きやまない。何度謝っても、一言も返事をしてくれない。よっぽど怒って、悲しんで、悔しがって……本気でウチの大学に入りたかったのだろう。そして、いまは本気で泣きじゃくっているのだろう。

だから――謝るのは、もうやめた。

かわりに、苦笑交じりに、ふるさとの方言で言った。

「こげなこと言うたら、もっと怒るかもしれんけど……」

彼女の肩の震えが止まった。

「悔しい思いしとるんがうらやましいよ、わし」

彼女はゆっくりと顔を上げ、手をはずした。泣き濡れて真っ赤に染まった目が、意外そうに僕を見る。やはり彼女は僕と同じふるさとから上京したのだろう。僕たちのふるさとでは、小学生の男子でも自分のことを「わし」と呼ぶ。ふつうなら笑いものになってしまうところだ。

「ウチの大学、第一志望じゃったんか?」

黙って小さくうなずいた。

「ほかの大学には受かっとるんか?」

今度は首を横に振る。

「じゃったら……浪人か」

彼女はそれにはなにも答えず、僕の卒業した高校を訊いてきた。言葉は東京のひとと変わらなくても、微妙にイントネーションが違う。なつかしくて、恥ずかしくて、でもやっぱりなつかしい。

高校の名前を告げて「知らんかもしれんけど」と言うと、彼女は「ううん、よう知っとるよ、うちのイトコ、いまそこの一年生やもん」と、初めて涙のにじまない声をあげた。

「ほんま?」

「ほんまなんよ、うちが住んどるんも——」

隣の市だった。バスに乗れば三十分もかからない。

「すごい偶然じゃのう」

「うん、うちもびっくりした」

僕たちのふるさとでは、女の子が自分を呼ぶときは「うち」――もしも東京の予備校に通うのなら、勉強の前に、それを真っ先に直さないと。

「城北に絶対に受かる、いう感じやったんか」

「そこまでは自信なかったけど……模試でずっとAかB判定やったし……」

僕もそうだった。A判定とB判定を行ったり来たりして、結局、滑り止めの大学をいくつも受けて、ぜんぶ合格して、ぜんぶ入学金を支払って、結局ぜんぶむだになってしまった。

「滑り止め、受けんかったんか」

「だって城北しか行きとうなかったけん」

「ウチの大学、まだ他にも学部あるけど」

僕は文系の学部をぜんぶ受けた。法学部に、経済学部に、国際学部に、文学部。合格したのは文学部だけだったが、たとえ複数の学部に受かっていても、偏差値の順番で入学を決めていただろう。

彼女は違った。文学部一本に絞っていた。なんとか教授という先生が仏文科にいて、その先生のゼミに入りたくて城北大学を受けたのだという。

「有名な先生なんか？」

「そんなに有名いうわけとは違うんやけど、うち、その先生の翻訳した小説、みんな好きなんよ。自分もできれば、将来はフランス語をつかう仕事をしたいし、留学もしてみたいし……」

一瞬、彼女の頰は上気した。瞳も、涙の名残《なごり》のせいだけでなく、輝いた。

でも、それを打ち消すように彼女はまたうつむいて、肩を落とし、ため息をついてしまう。

「まあ、もう、そういうのとは関係ないんやけどね」

そんなことはない——。

来年もう一度、受験をすれば、今度こそ——。

言わなくてよかった。いや、たぶん、口に出さなくても僕の思いは彼女に伝わってしまったはずで、だから彼女は泣き笑いの顔を上げてつづけたのだ。

「夢を見るんは、これが最初で最後」

来年はもう受験をしない。城北大学はもちろん、他の大学も。

四月から社会人になる。地元の信用金庫から採用の内定も出ている。

「まだ弟が二人おるけん、浪人してまで東京の私立には行けんもん」

声はさばさばしていたが、目は再び真っ赤に潤《うる》んできた。

僕は彼女から視線をはずし、アメフト部に胴上げされているオヤジくさい青年をにらむように見つめながら、「地元の大学は考えんかった?」と訊いた。ふるさとには国立大学や県立の短大もある。城北大学でA判定が出ているのなら、まず間違いなく合格できるはずだった。

彼女は「考えた」と言って、「でも、やめた」とつづけた。涙をぬぐうと、今度は声がくぐもった。「だって、城北の仏文科以外やったら、入ってもなにしてええかわからんもん」

「そんなん……」

入ってから探せばええがな――。

言いたかったが、言えなかった。かわりに口をついて出たのは、自分でも思いもよらなかった、こんな言葉だった。

「軽蔑《けいべつ》してるだろ」

「え?」

「オレのこと……ふざけんな、って思ってるだろ」

彼女は当然きょとんとしたし、僕は僕であっけにとられた。言葉の内容以前に、なんで急に東京の言葉になっちゃうんだ?

あわてて——だから、考えをまとめる間もなく、つづけた。

「贅沢《ぜいたく》だし、甘ったれてると思わない？　オレのこと。はっきり言って、オレ、自分でそう思ってる。もう、なんていうかさ、こんな奴が一人受かったせいで真面目な奴が一人落ちたんだと思うと、大迷惑っていうか、大ヒンシュクっていうか……バカだよ、バカ、クソバカ」

今年合格した中にも、僕のようなクソバカはきっと何人もいるのだろう。掲示板の前で記念撮影しているあいつとか、両親がそろって付き添っているあいつとか、人込みの中で平気でくわえ煙草《たばこ》をしているあいつとか……。

そういう目で見ると、合格した連中がみんなクソバカに思えてくる。そして、入学手続きの書類を持たずにとぼとぼとキャンパスを出ていくひとたちは、みんな真面目そうで、しっかり自分の信念や目標を持っていそうで、でもなんとなく運が悪そうで、家庭の事情もいろいろ背負っていそうで……。

一人ひとりを呼び止めたくなった。合格したクソバカと受験番号を交換させたくなった。去年までさかのぼることができるのなら、もちろん、僕の受験番号だって謹《つつし》んで、喜んで、誰かのお役に立てるのなら、と……。

うめくように「ごめん」と言った。「なんか、ほんと、ごめん」とうなだれるように頭を下げた。

するとと、彼女はクスッと笑った。

「キツいこと言わんといてくれる？　そういうのって、うち、好かん」

僕を横目でにらんで、またクスッと笑う。

「だって、オレ……ほんとに、どうしようもなくて……」

「ありがと」

声は軽かったが、ぴしゃりと封じるように響いた。

「気持ちはありがと、ほんまに。でも、もうなんも言うてくれんほうがええんよ、黙っといてくれるんが、いちばんうれしいけん、わかって」

そうだろうな。いまになって気づく。あんなことは言ってはいけない。ルール違反というか非常識というか、傲慢《ごうまん》で残酷だ。

自分のクソバカかげんをあらためて思い知らされた。大学生というより人間として、とことんクソバカだ、オレ。

彼女はそんな僕を逆に慰めるように、「一年たったら東京の言葉もじょうずになるんやね」と笑った。「もう田舎の方言でしゃべるより、そっちのほうが自然な感じやったよ」

「……去年の四月から、東京では絶対に方言でしゃべらなかったから」

「やっぱり恥ずかしいもんねえ、田舎くさいけん」

黙ってうなずいた。でも、ほんとうは、恥ずかしいという理由だけではなかったのかもしれない。無理をして東京の言葉をつかい、いろんな街を歩いては「おおっ、赤坂ってほんとにあったのか」「これがウワサの原宿！」といちいち感動していたこの一年間は、いまの僕にはまだわからないなにかを、ずっとあとになってから教えてくれる——のだろうか。

彼女は「二年」と言って、指を二本立てた。「二年間、田舎でがんばって仕事しよう思うとるんよ、うち」

そうすれば貯金もできる。仕事の合間に受験勉強もできる。独学のフランス語も少しはできるようになるかもしれないし、城北大学仏文科への思いはもっと強まるかもしれない。

「再来年、もういっぺん受ける。二浪したと思えばええんやもん」

そうやろ？　と目で訊かれた。

僕は黙って小さくうなずき、もう一度、今度は大きくうなずいた。

「ほんまにそうするかどうかはわからんけど、いまは、そういう夢があるけん」

「うん……」

「再来年やったら、まだ大学おるよね」

三年生から四年生に進級する春になる。きっと後輩を引き連れて、バンザイ隊の隊長をつとめているはずだ。

「そのとき、たくさんバンザイして」

彼女は仕上げのように言って、ベンチから立ち上がった。

僕も腰を浮かせて、最後になにを言っていいかわからず、でもなにかを伝えたくて、ちょっと待ってちょっとちょっと、と彼女が歩きだすのを止めた。

振り向く彼女と目が合うとよけいあせって、ワケがわからなくなって、ほとんど無意識のうちにバッグを探った。ポケット版の東京マップを取り出して、「これ、やるけん」と渡した。

東京都内が数十ページの地図に分けられた小さな本だ。買ったのは受験で上京する前だった。受験勉強に疲れたときには、いつもこれをめくっていた。上京するときにはコートのポケットに入れておいた。東京で一人暮らしを始めてからも、すぐに手の届くところに置いていた。何度も何度も何度もめくった。ページの角がまるくなり、黒ずんで、表紙もでこぼこのしわくちゃになっている。

なぜこんなものを彼女に渡したのか、自分でもわからない。

ただ、これを彼女にもらってほしいという思いだけは、はっきりとあった。彼女のためというより、僕自身のために。

「使い古しやね」

彼女は苦笑して、「ありがと」と受け取ってくれた。「ぶち、うれしい」

ぶち——。

ふるさとの方言で「すごく」という意味だ。東京では通じない。かなり恥ずかしい。でも、ひさしぶりに聞く「ぶち」は、ぶち、気持ちよかった。


ジュースやアイスクリームを抱えきれないほど買い込んで戻ってきたマルオ先輩は、彼女が帰ったことを知ると、がっくりと肩を落とした。

「なにやってんだよ、それじゃオレ、ただの勘違いしたバカじゃないかよ。ちゃんと見せ場をつくらせろっての」

質より量で誠意を示したかった、という。まあ、わたしのためにこんなにたくさんジュースやアイスを買ってくれるなんて、なんて素敵なひとなのかしら、と彼女を感激させたかったのだという。

甲高い声色《こわいろ》まで使って言った先輩は、「とりあえずアイスはおまえが責任取ってぜんぶ食え」と、また理不尽なことを言いだした。「ジュースは重いけど、オレが持って帰ってやるから」

「……マルオさん」

「うん?」

「四月からどうするんスか、マジに」

就職も決まっていないのだ。かといって、ふるさとに帰るわけでもないのだ。

でも、先輩は「なんとかなるだろ」とのんきに笑う。

「……悔やんでないっスか？」

「なんだよ、おまえ、なにマジな顔してんのよ」

「教えてほしいんスよ」

後輩が訊くには失礼な質問だった。先輩もムッとした顔になったが、僕が真剣に「お願いします」と訴えると、不承不承《ふしようぶしよう》うなずきながら言った。

「悔やんでるよ」

声が沈んだ。そのあとボケるための伏線――ではなかった。

「結局八年も大学にいて、ろくな映画もできなかったし、ろくな役者にも会えなかったし、シナリオだってものにならなかったし、なにやってたんだオレ……って、後悔だらけだよ」

先輩はさっきの僕と同じように、掲示板の前の人込みをにらむように見つめ、「やり直せるものならやり直したいって、たまに思う」と沈んだ声のままつづけた。

僕は黙ってアイスをかじる。いくらなんでも外でアイスを食べるには寒すぎる季節だ。一口食べると頬がすぼまり、口の中のアイスを呑み込むとみぞおちがひくついた。

「でも、やり直せないもんな、人生は」

「……ですよね」

「八年間意識を失って眠りつづけてました、って思うしかないよな」

声は少しだけ冗談めいたが、僕が笑わなかったので、先輩もすぐに口調をもとに戻して「でもな」と言った。「後悔のネタがたくさんあるってことは、それはそれで、意外とあとで役に立つかもなあ」

「そうっスか？」

「よくわかんないけど、人生なんてそーゆーもんだろ」

「でも……そうだといいっスよね」

「うん……そうだといいよなあ、マジに」

アイスの冷たさが歯にしみる。喉が凍《こご》えてしびれる。こめかみまでズキズキしてきて、ごくんと呑み込んだあとは、おしっこのあとみたいに身震いした。だが、アイスの残りはまだたくさんある。

なにをやってるんだろうな、オレ――。

いろんな意味で。

掲示板の前の人込みがにぎやかになった。タカ研の花吹雪隊があらわれたのだ。花吹雪を浴びて、顔をくしゃくしゃにして笑う女の子は、四月からどんな大学生活を送るのだろう。それを横目に掲示板の前からひっそりと遠ざかる女の子は、来年の春は満面の笑みを浮かべられるのだろうか。

「タカ研、張り切ってるなあ。見ろよ、あの花吹雪、ぜんぶピンクだぞ。桜だぞ」

「ええ……凝ってますね」

「もうバンザイだけじゃゼニにならない時代かもなあ。これからはもうちょっと演出とか付加価値ってのを考えなきゃなあ」

「バンザイのプロになってどうするんスか」

そりゃそうだ、と先輩は苦笑して、「まあ、でも、みんな幸せそうだよ」と、じいさんみたいなことをつぶやいた。陽が強く射しているわけでもないのにまぶしそうに目を細めていたから、きっと、真剣につぶやいたのだろう。

だから、僕も本音を——弱音交じりに漏らした。

「うらやましいっスよ」

「なにが?」

「だって、みんなマジに喜んでるじゃないっスか。落ちた奴らはマジに悔しそうだし、しっかり落ち込んでるし、なんか、そういうのって……いいよなあ、って」

相槌《あいづち》を打ちかけた先輩は、ふと思いだした顔になって僕を振り向き、「でも、おまえもだったぞ」と言った。

「はあ？」

「去年のおまえも、めちゃくちゃうれしそうな顔してたぞ」

そんなことないっスよ、それマルオさんの思い違いっスよ、と首を横に振ったが、先輩は「いや、マジだって、マジ」と断言した。「だってオレ、いちばん喜んでる奴を探したんだもん、あのとき。大喜びしてる田舎者ならだいじょうぶだから、って」

それがオレ——？

「そうそうそう、そうだよ、おまえ、笑ってた。で、その前に、自分の受験番号があったとき、目がキラキラキラキラーッて輝いたんだよ。それを見て、オレも、よしいける、って思ったんだから」

ほんとうだろうか。

僕を元気づけようとして、嘘をついてくれたのかもしれない。

いや、とにかくこの先輩はいいかげんだから、まるっきり他人と間違えて覚えているのかもしれない。なにしろ大学生活長いし。

でも、僕はそれ以上は問いたださなかったし、打ち消しもしなかった。

自然とゆるんでしまう頰をアイスで引き締めて、掲示板の前の人込みを見つめた。

タカ研の花吹雪隊はまた新しいお客さんを見つけて、花吹雪を脚立《きゃたつ》の上から盛大にまいた。

その花びらが、風に乗ってこっちにも飛んでくる。
東京で過ごす二度目の春が、もうすぐやってくる。

文庫版のためのあとがき

四季の中で最も好きな季節は――と尋ねられたら、ためらいなく「冬」と答える。天気の中で最も好きなのは――という問いには、ちょっと苦笑しながら「曇り」と答える。もう少し詳しく言うなら、「雨やみぞれや雪が降ったあと、そして再び降りだしそうな、どんよりとした曇り空」が好きなのだ。暗い男である。かなりひねくれて、いじけたところもあるのかもしれない。

学生時代は、冬になると、ふらっと旅行に出た。山陰、北陸、東北、北海道……寒いところ、寒くて天気の悪そうなところを好んで歩き回った。特に北海道は、十八歳の終わりと十九歳の終わりに、急行列車普通席が乗り放題の周遊券を使って一カ月以上も旅をした。宿泊はほとんどすべて夜行列車である。夜の札幌駅で、網走方面、釧路方面、稚内方面、函館方面と出ている夜行列車の案内板を見ながら「今夜はどの列車で寝るか」と選ぶわけだ。むろん寝台などという贅沢はできない。周遊券では四人掛けのボックスシートしか無料にならないのだ。おかげで窮屈なボックスで少しでも体を伸ばすコツも覚えたし、シートを取り外して床に並べて敷く荒技も習得した。金が途中でなくなると日払いのアルバイトを探し、周遊券の有効期限が切れそうになると函館駅に出かけ、短期間の旅行を終えて青函連絡船で帰京する若者を呼び止めては、「オレの周遊券と取り替えてくれない？」と交渉していた。これ、ヤバい話なのかな。まあいいや、もはや三十年近くも前の話である。

なにか目的があったわけではない。「どうしてもこの風景が見たいから」という強い思いもない。ただ、寒いところにむしょうに惹かれていた。降りしきる雪や、流氷が接岸して潮騒の消えた海や、幾重にも雲がかさなった空を、何時間でも、何日でも、飽きずに見ていられた。暇だったのだろう。十八歳の頃も十九歳の頃も、まだ自分の将来の夢や展望など見えていなかった。名実ともにからっぽの若造だったわけだ。

あれから四半世紀を超える年月が流れ、僕はいま、あの頃は想像もできなかった職業に就いている。それでも、いまの自分のものの考え方や感じ方のベースにあるのは、やっぱり、からっぽだった時代に胸に染み込んでいたものなんだろうな、と思うのだ。

本書の単行本版が書店に並んだその日、僕は北海道の小さな町にいた。二十数年ぶりの再訪だった。当時からさびれていた町並みはさらにものさびしくなって、駅前には食堂すらなかった。だが、前日からの寒波で町にはうっすらと雪が降り積もって、空はどんよりと重く曇って、もうそれだけで胸がじんとしてくる。北海道を旅するときには欠かせなかったニッカのノースランドという安いウイスキーがあれば、もっとよかったんだけどな（ほんとうに旨かったんだ、あの酒は）。

自分の最も好きな季節を背景にした小さなお話の数々が、どんなひとの胸に、どんなふうに届くだろうか、と思いをめぐらせながら、駅のホームでローカル線の列車が着くのを待っていた。曇り空を見上げると、雲には微妙な濃淡がある。雲は決して一色に塗り込められているのではない。ところどころ、その陰に隠れた陽の気配が感じられるような、ほの明るい箇所もあったりして……自分のお話も、そのほの明るい雲のように、読んでくださった方の胸に浮かんでいるのなら、とてもうれしい。

二〇一〇年九月

重松　清

産経新聞大阪本社夕刊にて毎週土曜連載『季節風』（二〇〇六年十月七日〜二〇〇七年九月二十九日掲載）より十一篇を単行本化にあたって改稿・改題いたしました。
なお、「コーヒーもう一杯」はＫＥＹ ＣＯＦＦＥＥ ＷＥＢ短編集〝書茶〟掲載分を改稿しております。

単行本　二〇〇八年十二月　文藝春秋刊

文春文庫

季《き》節《せつ》風《ふう》 冬《ふゆ》

定価はカバーに
表示してあります

2010年11月10日　第1刷
2021年8月20日　第4刷

著　者　重《しげ》松《まつ》　清《きよし》

発行者　花田朋子
発行所　株式会社　文藝春秋

東京都千代田区紀尾井町 3-23　〒102-8008
TEL 03・3265・1211(代)
文藝春秋ホームページ　http://www.bunshun.co.jp

落丁、乱丁本は、お手数ですが小社製作部宛お送り下さい。送料小社負担でお取替致します。

印刷製本・凸版印刷
Printed in Japan
ISBN978-4-16-766909-6

（　）内は解説者。品切の節はご容赦下さい。

口笛吹いて
重松　清

偶然再会した少年の頃のヒーローは、その後、負けつづけの人生を歩んでいた――。家庭に職場に重荷を抱え、もう若くはない日々を必死に生きる人々を描く著者会心の作品集。（嘉門達夫）

し-38-2

トワイライト
重松　清

二十六年ぶりの同窓会。夢と希望に満ちていたあの頃の未来を背負った子ども達は、厳しい現実に直面する大人になった。人生の黄昏に生きる彼らの幸せへの問いかけとは？　（中森明夫）

し-38-3

送り火
重松　清

都心と郊外を結んで走る〃富士見線〃。架空の私鉄沿線を舞台に、それぞれの街に暮らし、それぞれの駅を利用するひとたちの、大切なひとを思って懸命に生きる姿を描いた九つのドラマ。

し-38-4

その日のまえに
重松　清

僕たちは「その日」に向かって生きてきた――。死にゆく妻を静かに見送る父と子らを中心に、それぞれのなかにある生と死、そして日常のなかにある幸せの意味を見つめる連作短篇集。

し-38-7

小学五年生
重松　清

人生で大切なものは、みんな、この季節にあった。まだ「おとな」でないけれど、もう「こども」でもない微妙な年頃を、移りゆく四季を背景に描いた笑顔と涙の少年物語、全十七篇。

し-38-8

季節風　冬
重松　清

出産のため、離れて暮らす母親を想う五歳の女の子の素敵なクリスマスを描く「サンタ・エクスプレス」他、寒い季節の心を暖かくする「季節風」シリーズ、「冬」のものがたり十二篇。

し-38-9

（　）内は解説者。品切の節はご容赦下さい。

阿刀田　高
ローマへ行こう
忘れえぬ記憶の中で、男は、そして女も、生きたい時がある。あれは夢だったのだろうか。夢と現実を行き交うような日常の不可解を描く、大切な人々に思いを馳せる珠玉の十話。（内藤麻里子）
あ-2-27

阿佐田哲也
麻雀放浪記1　青春篇
戦後まもなく、上野のドヤ街を舞台に、坊や哲、ドサ健、上州虎、出目徳ら博打打ちが、人生を博打に賭けてイカサマの限りを尽くして闘う「阿佐田哲也麻雀小説」の最高傑作。（先崎　学）
あ-7-3

阿佐田哲也
麻雀放浪記2　風雲篇
イカサマ麻雀がばれた私こと坊や哲は関西へ逃げた。だが、そこには東京より過激な「ブウ麻雀」のプロ達が待っており、京都の坊主達と博打寺での死闘が繰り広げられた。（立川談志）
あ-7-4

阿佐田哲也
麻雀放浪記3　激闘篇
右腕を痛めイカサマが出来なくなった私こと坊や哲は新聞社に勤めたが……。戦後の混乱期を乗り越えたイカサマ博打打ちたちの運命は。痛快ピカレスクロマン第三弾！（小沢昭一）
あ-7-5

阿佐田哲也
麻雀放浪記4　番外篇
黒手袋をはずすと親指以外すべてがツメられている博打打ち、李億春との出会いと、ドサ健との再会を機に堅気の生活から足を洗った私……。麻雀小説の傑作、感動の最終巻！（柳　美里）
あ-7-6

浅田次郎
月のしずく
きつい労働と酒にあけくれる男の日常に舞い込んだ美しい女。出会うはずのない二人が出会う時、癒しのドラマが始まる――表題作ほか「銀色の雨」「ピエタ」など全七篇収録。（三浦哲郎）
あ-39-1

浅田次郎
姫椿
飼い猫に死なれたOL、死に場所を探す社長、若い頃別れた恋人への思いを秘めた男、妻に先立たれ競馬場に通う助教授……。凍てついた心にぬくもりが舞い降りる全八篇。（金子成人）
あ-39-4

（　）内は解説者。品切の節はご容赦下さい。

浅田次郎
草原からの使者
沙高樓綺譚
総裁選の内幕、莫大な遺産を受け継いだ御曹司が体験するカジノの一夜、競馬場の老人が握る幾多の人生。富と権力を持つ人間たちの虚無と幸福を浅田次郎が自在に映し出す。（有川　浩）
あ-39-11

浅田次郎
降霊会の夜
生者と死者が語り合う降霊会に招かれた作家の〝私〟は、思いもかけない人たちと再会する……。青春時代に置き忘れたもの、戦後という時代に取り残されたものへの鎮魂歌。（森　絵都）
あ-39-18

浅田次郎
獅子吼《しし く》
戦争・高度成長・大学紛争――いつの時代、どう生きても、過酷な運命は降りかかる。激しい感情を抑え進む、名も無き人々の姿を描きだした、華も涙もある王道の短編集。（吉川晃司）
あ-39-19

あさのあつこ
スポットライトをぼくらに
「僕はどんな大人になりたいんだろう」地方都市の小さな町に住む中学二年の秋庭樹には、思い描ける将来がない。幼馴染みの達彦・美鈴と共に悩み成長する姿を描いた傑作青春小説。
あ-43-19

あさのあつこ
透き通った風が吹いて
野球部を引退した高三の渓哉は将来が思い描けず焦燥感にさいなまれている。ある日道に迷う里香という女性と出会うが……。書き下ろし短篇「もう一つの風」を収録した直球青春小説。
あ-43-20

あさのあつこ
I love letter
アイラブレター
文通会社で働き始めた元引きこもりの岳彦に届くのは、ワケありの手紙ばかり。いつしか自分の言葉を便箋に連ね、手紙で難事に向き合っていく。温かくて切なく、少し怖い六つの物語。
あ-43-21

有栖川有栖
火村英生に捧げる犯罪
臨床犯罪学者・火村英生のもとに送られてきた犯罪予告めいたファックス。術策の小さな綻びから犯罪が露呈する表題作他、哀切でエレガントな珠玉の作品が並ぶ人気シリーズ。（柄刀　一）
あ-59-1

（　）内は解説者。品切の節はご容赦下さい。

有栖川有栖
菩提樹荘の殺人
少年犯罪、お笑い芸人の野望、学生時代の火村英生の名推理、アンチエイジングのカリスマの怪事件とアリスの悲恋。「若さ」をモチーフにした人気シリーズ作品集。（円堂都司昭）
あ-59-2

阿部智里
烏《からす》に単《ひとえ》は似合わない
八咫烏の一族が支配する世界「山内」。世継ぎの后選びを巡る有力貴族の姫君たちの争いに絡み様々な事件が……。史上最年少松本清張賞受賞作となった和製ファンタジー。（東　えりか）
あ-65-1

阿部智里
烏《からす》は主《あるじ》を選ばない
優秀な兄宮を退け日嗣の御子の座に就いた若宮に仕えることになった雪哉。だが周囲は敵だらけ、若宮の命を狙う輩も次々に現れる。彼らは朝廷権力闘争に勝てるのか？（大矢博子）
あ-65-2

阿部智里
黄金《きん》の烏《からす》
八咫烏の世界で危険な薬の被害が次々と報告される。その行方を追って旅に出た若宮と雪哉は、最北の地で村人を襲い喰らい尽くす大猿に遭遇する。シリーズ第三弾。（吉田伸子）
あ-65-3

阿部智里
空棺《くうかん》の烏《からす》
人間にかわり八咫烏が支配する世界「山内」。山内のエリート武官を養成する学校で切磋琢磨する少年たちの青春の日々を彩る、冒険、謀略そして友情。大人気シリーズ第四弾。（大森　望）
あ-65-4

阿部智里
玉依姫《たまよりひめ》
八咫烏シリーズはここから始まった――。女子高生・志帆が、母の故郷の山奥で遭遇したおぞましきものとは。ついに明らかになる異世界「山内」の秘密。八咫烏たちの命運はどうなるのか。
あ-65-5

阿部智里
弥栄《いやさか》の烏《からす》
大地震に襲われた山内。崩壊の予感が満ちる中、若宮の記憶は戻るのか。猿との最終決戦に臨む参謀・雪哉のとった作戦とは――すべての謎が明かされる、シリーズ第一部完結！（対談・夢枕　獏）
あ-65-6

（　）内は解説者。品切の節はご容赦下さい。

青柳碧人
国語、数学、理科、誘拐
進学塾で起きた小6少女の誘拐事件。身代金5000円、すべて1円玉で?!　5人の講師と生徒たちが事件に挑む。「読むと勉強が好きになる」心優しい塾ミステリ！　（太田あや）
あ-67-2

青柳碧人
国語、数学、理科、漂流
中学三年生の夏合宿で島にやってきたJSS進学塾の面々。勉強漬けの三泊四日のはずが、不穏な雰囲気が流れ始め、ついには行方不明者が！　大好評塾ミステリー第二弾。
あ-67-4

朝井リョウ
武道館
【正しい選択】なんて、この世にない。「武道館ライブ」という合言葉のもとに活動する少女たちが最終的に〝自分の頭で〟選んだ道とは——。大きな夢に向かう姿を描く。　（つんく♂）
あ-68-2

朝井リョウ
ままならないから私とあなた
平凡だが心優しい雪子の友人、薫は天才少女と呼ばれる。成長に従い、二人の価値観は次第に離れていき、決定的な対立が訪れるが……。一章分加筆の表題作ほか一篇収録。　（小出祐介）
あ-68-3

安東能明
夜の署長
新米刑事の野上は、日本一のマンモス警察署・新宿署に配属される。そこには〝夜の署長〟の異名を持つベテラン刑事・下妻がいた。警察小説のニューヒーロー登場。　（村上貴史）
あ-74-1

安東能明
夜の署長2　密売者
夜間犯罪発生率日本一の新宿署で〝夜の署長〟の異名を取り、高い捜査能力を持つベテラン刑事・下妻。新人の沙月は新宿で起きる四つの事件で指揮下に入り、やがて彼の凄みを知る。
あ-74-2

明石家さんま　原作
Ｊｉｍｍｙ
一九八〇年代の大阪。幼い頃から失敗ばかりの大西秀明は、高校卒業後なんば花月の舞台進行見習いに。人気絶頂の明石家さんまに出会い、孤独や劣等感を抱きながら芸人として成長していく。
あ-75-1

（　）内は解説者。品切の節はご容赦下さい。

浅葉なつ
どうかこの声が、あなたに届きますように
地下アイドル時代、心身に傷を負った20歳の奈々子がラジオアシスタントに。「伝説の十秒回」と呼ばれる神回を経て成長する彼女と、切実な日々を生きるリスナーの交流を描く感動作。
あ-77-1

天祢　涼
希望が死んだ夜に
14歳の少女が同級生殺害容疑で緊急逮捕された。少女は犯行を認めたが動機を全く語らない。彼女は何を隠しているのか？　捜査を進めると意外な真実が明らかになり……。（細谷正充）
あ-78-1

朱野帰子
科学オタがマイナスイオンの部署に異動しました
電器メーカーに勤める科学マニアの賢児は、非科学的商品を「廃止すべき」と言い、鼻つまみ者扱いに。自分の信念を曲げられずに戦う全ての働く人に贈る、お仕事小説。（塩田春香）
あ-79-1

秋吉理香子
サイレンス
深雪は婚約者の俊亜貴と故郷の島を訪れるが、彼には秘密があった。結婚をして普通の幸せを手に入れたい深雪の運命が狂い始める。一気読み必至のサスペンス小説。（澤村伊智）
あ-80-1

伊集院　静
星月夜
東京湾で発見された若い女性と老人の遺体。事件の鍵を握るのは、老人の孫娘、黄金色の銅鐸、そして星月夜の哀しい記憶……。かくも美しく、せつない、感動の長編小説。（池上冬樹）
い-26-21

石田衣良
池袋ウエストゲートパーク
刺す少年、消える少女、潰し合うギャング団……命がけのストリートを軽やかに疾走する若者たちの現在を、クールに鮮烈に描いた人気シリーズ第一弾。表題作など全四篇収録。（池上冬樹）
い-47-1

石田衣良
ＰＲＩＤＥ――プライド
池袋ウエストゲートパークＸ
四人組の暴行魔を探してほしい――ちぎれたネックレスを下げた美女の依頼で、マコトはあるホームレス自立支援組織を調べ始める。ＩＷＧＰシリーズ第1期完結の10巻目！（杉江松恋）
い-47-18

（　）内は解説者。品切の節はご容赦下さい。

石田衣良
憎悪のパレード
池袋ウエストゲートパークⅪ
ＩＷＧＰ第二シーズン開幕！　変容していく池袋、でもあの男たちは変わらない。脱法ドラッグ、ヘイトスピーチ……続発するトラブルを巡り、マコトやタカシが躍動する。（安田浩一）
い-47-21

石田衣良
西一番街ブラックバイト
池袋ウエストゲートパークⅫ
勤め先の店で無能扱いされた若者が池袋の雑居ビルで飛びおり自殺を図る。耳触りのいい言葉で若者を洗脳し、つかい潰すブラック企業の闇に、マコトとタカシが斬りこむ！（今野晴貴）
い-47-22

石田衣良
裏切りのホワイトカード
池袋ウエストゲートパークⅫⅠ
闇サイトに載った怪しげな超高給バイトの情報。報酬はたった半日で10万円以上。池袋の若者達が浮き足立つ中、マコトにはある財団から依頼が持ち込まれる。（対談・朝井リョウ）
い-47-23

石田衣良
ＩＷＧＰコンプリートガイド
創作秘話から、全エピソード解題、キャラクター紹介まで、ＩＷＧＰの世界を堪能出来るガイドブック決定版。短篇『北口アンダードッグス』を所収。文庫オリジナル特典付き！
い-47-19

石田衣良
夜を守る
ひとり息子を通り魔に殺された老人と出会い、アメ横の平和を守るため、四人の若者がガーディアンとして立ち上がった！　ＩＷＧＰファンに贈る大興奮のストリート小説。（永江　朗）
い-47-30

石田衣良
ＭＩＬＫ
切実な欲望を抱きながらも、どこかチャーミングなおとなの男女たちを描く10篇を収録。切なさとあたたかさを秘めた、心と身体をざわつかせる刺激的な恋愛短篇集。（いしいのりえ）
い-47-35

池井戸　潤
オレたちバブル入行組
支店長命令で融資を実行した会社が倒産。社長は雲隠れ。上司は責任回避。四面楚歌のオレには債権回収あるのみ……。半沢直樹が活躍する痛快エンタテインメント第1弾！（村上貴史）
い-64-2

（　）内は解説者。品切の節はご容赦下さい。

オレたち花のバブル組
池井戸　潤
あのバブル入行組が帰ってきた。巨額損失を出した老舗ホテル再建、金融庁の嫌みな相手との闘い。絶対に負けられない闘いの結末は？　大ヒット半沢直樹シリーズ第2弾！（村上貴史）
い-64-4

シャイロックの子供たち
池井戸　潤
現金紛失事件の後、行員が失踪!?　上がらない成績、叩き上げの誇り、社内恋愛、家族への思い……事件の裏に透ける行員たちの葛藤。圧巻の金融クライム・ノベル！（霜月　蒼）
い-64-3

かばん屋の相続
池井戸　潤
「妻の元カレ」『手形の行方』『芥のごとく』他。銀行に勤める男たちが、長いサラリーマン人生の中で出会う、さまざまな困難と悲哀。六つの短篇で綴る、文春文庫オリジナル作品。（村上貴史）
い-64-5

民王
池井戸　潤
夢かうつつか、新手のテロか？　総理とその息子に非常事態が発生！　漢字の読めない政治家、酔っぱらい大臣、バカ学生らが入り乱れる痛快政治エンタメ決定版。（村上貴史）
い-64-6

ママがやった
井上荒野
七十九歳の母が七十二歳の父を殺した。「ママはいいわよべつに、刑務所に入ったって」——男女とは、家族とは何か？　ある家族の半世紀を描いた、愛を巡る八つの物語。（池上冬樹）
い-67-5

死神の精度
伊坂幸太郎
俺が仕事をするといつも降るんだ——七日間の調査の後その人間の生死を決める死神たちは音楽を愛し大抵は死を選ぶ。クールでちょっとズレてる死神が見た六つの人生。（沼野充義）
い-70-1

死神の浮力
伊坂幸太郎
娘を殺された山野辺夫妻は、無罪判決を受けた犯人への復讐を計画していた。そこへ人間の死の可否を判定する〝死神〟の千葉がやってきて、彼らと共に犯人を追うが——。（円堂都司昭）
い-70-2